EINE BRILLE HAT. DER SCHULE

RT VOM FENSTER WEG

MUSS, UND BEOBACHTE, WIE SIE

R NÄHER ANS FENSTER RÜCKT,

IHR GESICHT ZU EINER GRIMAS

HT, WENN MAN SICH AUF ETWAS

DAS IST DANN DER MOMENT, IN

V, DAMIT SIEHT SIE SOGAR NOCH

UPT MÖGLICH IST. ES IST SO EIN

STELL MIT GLITZERSTEINCHEN A

ELTON JOHN IN DEN SIEBZIGERN

NOCH AN IHREN HAAREN. DANN

LÄCHELT SIE. ES IST KEIN BREI

. ABER DEFINITIV EIN LÄCHELN.

ZWISCHEN ZWEI FENSTERN

Dianne Touchell

ZWISCHEN ZWEI FENSTERN

Aus dem Englischen von Birgit Schmitz

1

Die waren erst nun, Hund und Mann,
Sich herzlich zugetan:
Da kam den Hund ein Staatsgroll an,
Ward toll, und biß den Mann.

Oliver Goldsmith: Elegie auf den Biß eines tollen Hundes (1766)

Dad hat unserem Hund, Dobie Squires, beigebracht, Mum zu beißen. Dobie ist ein rostbrauner Dackel mit einem Hängebauch, der beim Laufen lasziv hin und her schwingt. Obwohl er so klein ist, hat der Hund etwas Imponierendes; er galoppiert geschmeidig wie ein Rennpferd und taktiert wie ein gerissener Gauner. Es war Dad, der ihn verdorben hat.

Die Streitereien zwischen meinen Eltern fingen etwa um die Zeit an, als Dad sich die Schamhaare rasierte. Ich sollte das eigentlich nicht wissen, aber ich habe alles gehört. Weil Dad sich, solange sie sich kennen, wohl nie viel aus Körperpflege gemacht hat, fand

Mum es einigermaßen suspekt, dass er auf einmal scharf darauf war, sich – sozusagen – den Busch zu stutzen. Und sie hatte Recht, würde ich sagen. Dad stellte es jedoch so hin, als ob Mum paranoid wäre, und erklärte, er mache schließlich auch kein Theater, wenn Mum sich die Achseln rasiere, was sei also das Problem? Mum erinnerte ihn daran, wie Dave aus der Nachbarschaft sich einmal seine Kettensäge leihen wollte und Dad sie daraufhin erst mal stundenlang gereinigt und geölt hat. Aus der Kettensäge hatte er sich auch nie viel gemacht, bis er merkte, dass jemand anders sich dafür interessierte.

Angefangen hat es also mit einem Streit über Dads Schambehaarung und dann hat es nie mehr aufgehört. Ein Thema ergab das andere, aber die Geschichte mit den Schamhaaren war aus Zuschauersicht nicht zu toppen. Dagegen war alles andere Nullachtfünfzehn-Kram: Wer hat mir die Luft aus den Reifen gelassen? Wer hat meine Fische mit Naphthalinflocken gefüttert? Wer hat meine Zahnbürste in Chiliöl getunkt? Wer hat in meine Aktentasche gepisst? Und so weiter und so fort. Wenngleich ich zugeben muss, dass in Wirklichkeit ich, unschuldiges Kind und Opfer des haarsträubenden Kleinkriegs meiner Eltern, in Dads Aktentasche gepinkelt habe. Er wollte mein Taschengeld nicht dem Markttrend und der Inflation anpassen, also revanchierte ich mich auf die Art, von der ich glaubte, dass er sie am besten verstehen würde. Außerdem wusste ich, dass er annehmen würde, Mum hätte es getan.

Seit Dobie Squires mit von der Partie ist, hat sich die Lage verändert. Wie Dad das hingekriegt hat, bleibt sein Geheimnis. Ich weiß nur, dass dabei die Entwendung einer nagelneuen Flasche von Mums Lieblingsparfüm *Lovely* (wo zum Teufel ist mein verfluchtes Sarah-Jessica-Parker-Parfüm?) eine Rolle spielte. Ebenso wie heimliches Training, bei dem Dad offenkundig diskreter vorging als bei seiner Affäre mit dieser Frau, die auf unbehaarte Dickerchen stand, denn Mum hat nie was gemerkt. Fest steht, dass die Streitereien eine entscheidende Wendung nahmen, als Dad eines Tages mit seinem neuen Assistenten in die Arena trat: Dobie Squires.

Sie waren in der Küche. Wie ich auch. Ihre Versuche, außerhalb meiner Hör- oder Sichtweite zu streiten, gehörten schon lange der Vergangenheit an. Sie hatten sich beide nicht genügend im Griff, um sich aus Rücksicht auf mich entweder zu zügeln oder gar im Austausch von Freundlichkeiten zu üben. Ich glaube, sie nahmen mich einfach nicht mehr wahr.

Wir waren also in der Küche, alle zusammen. Dad stichelte, Mum konterte und das Geschrei begann. Eine abermalige Anspielung auf Haare an gewissen Stellen (2 Punkte) wurde mit einem erstaunlich originellen Dickenwitz pariert (2,5), worauf ein ziemlich abgedroschener Spruch über Schlappschwänze (1,8) folgte, der mit einem knappen »*Zeixier!*« beantwortet wurde. Wir hörten es alle, einschließlich Dobie Squires, der blitzschnell zwischen Dads Beinen hervorgesprungen kam, die Zähne fletschte und dann mit bebenden Lefzen Mums Knöchel in die Zange nahm. Mum heulte auf vor Schmerz. Oder vielleicht auch vor Schreck. Ich brauchte nur eine Sekunde, um Dads Kommando zu verstehen. Und ich schätze mal, Mum hat's auch kapiert. *Zeixier.* Zeig es ihr. Ich konnte es nicht fassen. Dad hatte den Hund auf Mum gehetzt.

So war es bei diesem ersten Mal. Und so läuft es immer noch. Es ist wirklich genial. Dad hat nämlich nicht nur Dobie Squires abgerichtet, sondern auch Mum. Immer wenn Mum nicht mehr zu bändigen ist, befiehlt Dad Dobie Squires, es ihr zu zeigen. Und Mum wird gebissen. Einige dieser Bisse sind echt scheußlich. Rund um die Stellen, an denen sich Dobies Zähne in ihr Fleisch gebohrt haben, bilden sich große dunkle Blutergüsse, die zerfließen wie violette

Sonnenuntergänge. Selbst wenn Dobies Attacken mal danebengehen, ist Mum allein schon von dem Versuch so eingeschüchtert, dass sie ganz schnell den Mund hält. Komischerweise hat sie es Dobie noch nie heimgezahlt. Nicht ein einziges Mal. Vermutlich findet sie, es wäre gemein, den Hund zu treten. Vielleicht hat sie aber auch einfach Angst. Oder sie war selbst schon zu stark konditioniert, bevor ihr der Gedanke an Rache kam.

Die Streitereien haben aufgehört. Manchmal piesackt Dad Mum trotzdem, immer in der Gewissheit, dass sie keine Gegenwehr leisten wird. Dann sieht er, wie sie schäumt, und labt sich daran. Sie hat ganz schön zu schlucken. Immer wenn Dad mal wieder stänkert, sieht man, wie sich ihre Kehle weitet und sie ihren Frust in sich hineinfrisst. Aber in letzter Zeit scheint Dad irgendwie die Lust zu verlieren. Man könnte fast meinen, ihm fehlt die Erzfeindin von früher. Einmal kam ich aus der Schule nach Hause und entdeckte, dass Dobie Squires Mum im Garten den Weg abgeschnitten hatte. Sie stand leicht vorgebeugt über einem Blumenbeet und hielt schluchzend ihren Gartenhandschuh umklammert, während Dobie sie aus einer Entfernung von ein, zwei Metern in Schach hielt, nur indem er die Zähne fletschte und ein tiefes

Knurren von sich gab. Als Dad nach draußen kam, um nachzusehen, was los war, pfiff er Dobie kurzerhand zurück. Einfach so. Das ist fies, ich weiß, aber ich dachte unwillkürlich, was er sich damit doch für eine Gelegenheit entgehen ließ. Nicht dass ich gewollt hätte, dass Mum gebissen wurde oder so. Aber es kam mir schlicht so vor, als würde Dad die Situation nicht voll ausschöpfen, nachdem er sich schon die Mühe gemacht hatte, die beiden abzurichten. Er ist einfach nicht mehr mit dem Herzen dabei.

Die Ironie an der Sache ist, dass Mum diejenige war, die Dobie Squires ausgesucht hat. Sie hat ihn aus dem Tierheim geholt, nachdem sie im Vorabendprogramm einen Aufruf gesehen hatte. Darin wurden Leute, die ein großes Herz haben und einen Freund brauchen können, gebeten, einen ausgesetzten Hund bei sich aufzunehmen. Mum hat ein großes Herz und sie kann auch einen Freund brauchen, aber ich wette, an dem Tag, als sie im Blumenbeet in der Klemme saß, hat sie noch mal darüber nachgedacht, warum der alte Dobie damals wohl ausgesetzt worden ist. Jedenfalls ist sie nach dieser Sendung ins Heim gefahren und hat ihn mit nach Hause gebracht, und eigentlich war es ihr Hund. Was Dads Leistung, den Hund umzudrehen, noch viel beeindruckender macht, wenn ihr mich fragt. Den Namen Dobie Squires hatte er schon, als er zu uns kam. Klar, oder? Welcher Mensch, der noch ganz richtig im Kopf ist, würde seinen Hund auch Dobie Squires nennen? Die Leute im Tierheim haben Mum gesagt, wenn sie ihm einen anderen Namen geben wolle, solle sie einen wählen, der sehr ähnlich klinge, und dann versuchen, einen fließenden Übergang hinzukriegen. Das Problem war nur, dass keinem von uns irgendein guter Name einfiel, der auch nur entfernt wie Dobie Squires klang. Ergo bleibt es bei Dobie Squires.

Und ich lerne auf diese Weise hier, in meinem Zuhause, eine unbezahlbare Lektion fürs Leben, nämlich dass unsere Entscheidungen sich gegen uns wenden und uns in den Arsch beißen können. In manchen Fällen sogar buchstäblich. Natürlich habe ich das nicht auf Anhieb verstanden. Das tun wir nie, nicht wahr? Aber einige Zeit später, in der Rückschau, schleckte mir die Erkenntnis, die alte Hure, plötzlich mit ihrer nassen Zunge übers Gesicht. Und ich hab's verstanden. Kapiert. Abgespeichert. Aber geändert hat das nichts.

2

Wo die Unwissenheit Glückseligkeit ist,
da ist es Thorheit, weise zu seyn.

Thomas Gray: Ode auf eine ferne Aussicht des Collegii zu Caton (1742)

Anfangs war ich ziemlich verstört, als ich erfuhr, dass der Dackel im englischen Sprachraum umgangssprachlich Wursthund, *sausage dog,* heißt. Ein Kind in der Schule hat es mir erzählt. Und es hat mir auch erzählt, dass da die Würste herkämen. Ich war damals noch klein und sehr vertrauensselig, und da ich keine andere Informationsquelle besaß, mit deren Hilfe ich den Wahrheitsgehalt dieser Schulhof-Doktrin hätte überprüfen können, habe ich es geglaubt. Bei uns zu Hause gibt es oft Wurst, denn die ist billig. Wir essen Bratwurst mit Zwiebelsoße, Wurst im Brötchen mit ordentlich Ketchup, Wurst in einem Mantel aus knusprigem Kartoffelbrei, aus dem sie oben herausguckt, und manchmal sogar Wurstauflauf mit Äpfeln und Bananen. Ich mochte noch nie besonders gern Wurst (wegen der harten Knorpelstückchen darin), und über ihren hündischen Ursprung aufgeklärt zu werden, hat meinen Appetit nicht gerade gesteigert. In der ersten Zeit danach habe ich mich geweigert, sie zu essen, und besser auf Dobie Squires aufgepasst.

Ich weiß es noch wie gestern, denn damals habe ich zum ersten Mal in meinem Leben gedacht: Eigentlich will ich das alles gar nicht wissen. Und es war das erste von vielen Malen. Neue Informationen finde ich fast immer enttäuschend. Und ich rede nicht von dem Unsinn, den man in der Schule lernt. Neunzig Prozent von dem, was sie uns dort eintrichtern, sind nutzloser Scheiß. Das weiß jeder. Ich rede von dem, was uns das Leben vor die Füße spült. Von der Fülle an Informationen, die von Geburt an auf uns einprasseln, ohne dass wir darum gebeten haben. Von all dem Kram, der uns angeblich dabei helfen soll, gut vorbereitet ins Leben zu starten, wie meine Eltern so gern sagen. Das Wenigste von dem, was ich im Leben und über das Leben gelernt habe, war nützlich oder bereichernd. (Außer dass Farley McMillan, von dem alle sagen, er sei schwul, mir in der siebten Klasse auf dem Schulklo gezeigt hat, wie man sich einen runterholt.)

Informationen müssen auch gar nicht wahr sein,

um einen zu nerven. Als ich irgendwann erfuhr, dass Würste mitnichten aus »Wursthunden« gemacht werden, konnte dieses neue Wissen nichts gegen das Entsetzen ausrichten, das sich durch die anfängliche Fehlinformation tief in mir festgesetzt hatte. Es blieb, wo es war. (Was allerdings damit zusammenhängen könnte, dass die Wahrheit über Würste auch nicht appetitlicher ist als die Lüge.) Ganz egal, ob es wahr ist oder nicht, real oder ausgedacht – das meiste von dem, was mir erzählt wird, will ich gar nicht wissen. Einfach weil einem nichts ohne Grund erzählt wird. Dass jeder seine eigenen Ziele verfolgt, habe ich quasi mit der Muttermilch aufgesogen. Wenn man bedenkt, wie meine Eltern miteinander umgehen, ist das kein Wunder. Aber natürlich spielen nicht nur meine Eltern mit gezinkten Karten. Das habe ich schnell begriffen. Die unausgesprochenen Dinge sind fast immer weitaus interessanter, aufschlussreicher und nützlicher als der Rest. Und es erstaunt mich, dass den meisten Erwachsenen, die ich kenne, völlig entgeht, dass es eigentlich nicht darauf ankommt, an den eigenen Zielen festzuhalten; die wahre Macht liegt darin, herauszufinden, worauf der andere aus ist.

Nehmen wir zum Beispiel unsere Nachbarn. (Ich bin, nebenbei bemerkt, in das Mädchen von nebenan verliebt, aber das tut jetzt nichts zur Sache; dazu komme ich später noch.) Meine Eltern und unsere Nachbarn kommen nicht gut miteinander aus. Ich sollte wohl mal darüber nachdenken, inwiefern das meine Pläne mit der Nachbarstochter durchkreuzen könnte. Aber ich schweife ab. Meine Eltern und unsere Nachbarn liegen schon seit Jahren miteinander im Clinch. Das ist das einzige Gebiet, auf dem Mum und Dad sich einig sind. Es ist unwahrscheinlich, dass sich noch irgendwer genau daran erinnern kann, wie alles anfing. In meiner Kindheit kursierten bei uns verschiedene Geschichten darüber: »Die da drüben haben unseren Weinstock vergiftet …«; »Sie haben unseren Hund vergiftet …«; »Sie haben uns die Luft aus den Reifen gelassen …«; »Sie haben in unsere Milchflaschen gepinkelt …« (Sorry, das war wieder ich.) Im Grunde geht es eigentlich nur darum, dass sie einander hassen. Sie wissen nicht, warum, sie tun es einfach. Dabei haben sie erstaunlich ähnliche Ziele.

Dad fühlt sich im Grunde seines Herzens klein und unbedeutend. Er hat einen miesen Job; er ist Vertreter und klappert mit Kisten voller mieser Bücher unterm Arm Unternehmen und Betriebe ab, um dort so viele Bücher wie möglich zu verscherbeln, damit er seinen miesen Lohn zusammenbekommt. Eigentlich würde er gern nützliche Dinge verkaufen wie Modems oder Faxgeräte. Aber er verkauft Bücher und im Grunde seines Herzens findet er, dass Bücherverkaufen was für Frauen ist. Er mag Bücher nicht mal. Und dass einige von den Büchern, die er durch die Gegend schleppt, Koch- und Bastelbücher sind, macht ihm am meisten zu schaffen. Deswegen hat er einen Minderwertigkeitskomplex. Und Menschen mit einem Minderwertigkeitskomplex suchen ständig Streit, um zu beweisen, was für tolle Hechte sie in Wirklichkeit sind. Ja, so dumm sind sie.

Dann ist da unser Nachbar. Der Typ sieht immer so aus, als hätte er den Mund voll. Was an seinen Zähnen liegt; er hat riesige, wächsern schimmernde Hauer. Seine Lippen spannen sich wie Puddinghaut darüber und bewegen sich kaum, wenn er spricht. Außerdem liegt auf diesen Puddinglippen ständig ein Lächeln, das schmierig, ja fast schon aufdringlich wirkt. Dabei ist ihm zuzutrauen, dass er einen, ohne mit der Wimper zu zucken, überfahren würde. Mit Fahren verdient er nämlich sein Geld; er hat einen Limousinen-Service. Meistens wird er für Hochzeiten gebucht, aber wenn man ihm einen Aufschlag für die anschließende Reinigung zahlt, fährt er auch feuchtfröhliche Geburtstagsgesellschaften. Und genau da liegt der Haken. Wie man es auch dreht und wendet: Wenn man dafür bezahlt wird, andere durch die Stadt zu kutschieren (und ihre Kotze und Pisse aufzuwischen), befindet man sich am Ende der Nahrungskette. Da kannst du noch so viel erzählen von wegen eigene Firma und Selbstständigkeit und all dem Krempel, aber du musst anderen zu Diensten sein, mein Freund. Und Dienstleister sitzen am kürzeren Hebel. Sie richten sich nach dem Terminkalender anderer Leute. Und das muss einem Mann doch übel aufstoßen.

Da wohnen also zwei Typen nebeneinander, die sich fragen, *was* sie eigentlich *wann* falsch gemacht haben, dass sie heute keine Eier mehr in der Hose haben. (Ich bin mir nicht sicher, ob mein Vater jemals welche in der Hose hatte, also ob sie überhaupt je herabgewandert sind, aber das ist eine andere Geschichte.) Es gibt sogar ein Wort dafür. Das habe ich aus einem Buch. Das Wort ist Emaskulation, sprich: Entmannung. Es bedeutet, sich so zu fühlen, als wären einem die Kronjuwelen entfernt worden. Sehr vereinfacht ausgedrückt natürlich. Selbstverständlich war das Buch, in dem ich das gelesen habe, kein Schulbuch. Ich gehe nämlich auf eine ziemlich feine konfessionelle Privatschule (wir essen eine Menge Würstchen, um das Schulgeld berappen zu können, das kann ich euch sagen), und in der dortigen Bibliothek gibt es keine Bücher, in denen Hoden erwähnt werden, egal ob sie noch dran sind oder nicht. Dass wir Sexualorgane besitzen, ist an meiner Schule nicht vorgesehen. (Der arme alte Farley McMillan ist rausgeflogen, nachdem er seine gefunden hatte.) Ich schaue jeden Abend, wenn ich nach Hause komme, kurz nach, ob meine noch da sind, nur um mich zu vergewissern, dass diese teure Schule mich nicht entmannt. (Wo wir eben schon beim Thema Komplexe waren.) Da sind also diese beiden Nicht-mehr-Männer, die direkt nebeneinanderwohnen und, sobald sie sich auch nur sehen, in Imponiergehabe verfallen und brüllen wie die Affen. Dabei haben sie beide dasselbe Ziel: Sie wollen sich beweisen, dass sie wer sind. Da sollte man doch meinen, sie würden sich verstehen. Oder zumindest zum selben Therapeuten gehen.

Machen wir uns nichts vor. Keiner von beiden würde seinen eigenen Bockmist als solchen erkennen. Aber sie erkennen sich selbst im jeweils anderen wieder, und das muss wehtun. In gewisser Weise bin ich Limo-Lionel (so nennen wir ihn) dankbar dafür, dass er meinen Eltern ein kleines Gemeinschaftsprojekt verschafft. Etwas, worauf sie sich, abgesehen voneinander, konzentrieren können. Es wärmt mir das Herz, wenn ich höre, wie Mum Dad draußen im Vorgarten anfeuert, wie es jede andere Frau und Gehilfin tun würde: »Zieh ihn doch nicht an den Haaren, Merrill! Gib ihm eins auf den Solarplexus!« Dummerweise hält Merrill einen Solarplexus vermutlich für den neuesten japanischen Geländewagen. So heißt mein Dad übrigens, Merrill. (Ja, ich weiß.)

Es gab mal eine Zeit, in der meine Eltern mehr gemeinsam hatten als nur Limo-Li. Eine Zeit, in der sie ähnliche Ziele hatten oder noch nicht so ausgeprägte eigene oder vielleicht sogar noch gar keine. Das weiß ich, weil sie früher Händchen gehalten haben. Als sie noch ganz am Anfang standen und ihre gemeinsame Zukunft allenfalls mit der Nasenspitze, hoffnungsvoll und mit schmutzigem Gesicht, am Horizont auftauchte. Ich frage mich, ob es Liebe war oder ob sie sich eben einfach kannten, so wie man einen guten, bequemen Schuh kennt oder Zahnweh oder den Ausblick aus seinem Lieblingsfenster. Ich habe Fotos gesehen, auf denen sie Händchen hielten. Mum bewahrt Fotos in Schuhkartons unten in ihrem Schrank auf. Die Fotos, auf denen sie und Dad Händchen halten, habe ich gefunden, als ich irgendwann mal ihre Sachen durchstöbert habe. Auf einigen Fotos bin ich auch zu sehen. Auf meinem Lieblingsfoto gehen wir zu dritt nebeneinander; sie haben mich in die Mitte genommen, halten jeweils eine Hand von mir und ziehen mich vom Boden hoch. Ich bin wie eine kleine Brücke zwischen den beiden. Wir alle drei haben die Münder und Augen weit aufgerissen und unsere Lungen sind voll, wette ich. Das Foto wurde an einem Morgen aufgenommen. Man erkennt es am Licht. Anfänge haben etwas Gnadenloses; sie sind voller Versprechen und Hoffnung, die sie nie erfüllen müssen. Ich habe mir das Bild unter den Nagel gerissen.

Hin und wieder macht Dad eine Geste, die mich an dieses Foto erinnert. Manchmal, wenn er und Mum zusammen fernsehen, fährt er mit dem Zeigefinger über Mums Handrücken, und ihre Lungen füllen sich wieder. Sie wissen nicht, dass ich so was sehe. Ich sehe es irgendwie gern, genauso wie ich sie gern streiten sehe. Sie wissen nicht, dass ich überhaupt irgendetwas sehe.

3

Nur einmal, einmal hob sie den Blick
Und erröthete rasch und so süß und so eigen,
Als mir sie sah in die Augen hinein.

Lord Alfred Tennyson: Maud (1855)

Wie ich schon sagte: Ich bin in das Mädchen von nebenan verliebt. Unsere Fenster liegen fast genau gegenüber, oberhalb des Zauns. Ich habe zufällig aus meinem Fenster geschaut, als ich sie vor ihrem stehen sah. Sie ist weggelaufen. Und gleich zu Limo-Lionel gerannt, um ihm zu erzählen, ich würde sie beobachten. Dabei war das gar keine Absicht. Genauso gut hätte ich zu Lionel sagen können, sie hätte mich beobachtet! Habe ich aber nicht. Und als er dann rüberkam, um sich über mich zu beschweren, habe ich einfach nur mit eingezogenen Zehen und Herzklopfen dagestanden, während er mich als pervers beschimpfte und Dad seine Fingerknöchel knacken ließ.

Ich nenne sie Maud. Das ist nicht ihr richtiger Name, aber ich nenne sie so. Sie ist ziemlich klein und hat Kurven. Mädchen, die wie Pfeifenreiniger aussehen, haben mir noch nie gefallen. Ich kenne Leute in der Schule, die meine Maud sogar als dick bezeichnen würden. Es sind meistens die Mädchen, die vom Dicksein sprechen. Wir Jungs sind beim Sportunterricht so sehr damit beschäftigt, plötzliche Ständer zu vermeiden, dass uns irgendwelche weichen Stellen an den Objekten unserer Begierde eigentlich ziemlich egal sind. Was glaubt ihr denn, warum wir die Ständer überhaupt bekommen? Maud hat eine Freundin, von der alle Mädchen glauben, dass alle Jungs in sie verliebt seien. Vielleicht stimmt es sogar. Was interessiert es mich? Ich weiß nur, dass diesem Mädchen überall zu viele Knochen rausstehen; sie sieht aus, als könnte sie jeden verletzen, der sie auch nur leicht an sich drückt.

Klein und kurvig. Tizianrotes Haar. Keine Sommersprossen. Ein zehncentstückgroßes, dunkles Muttermal hinten an der linken Wade. Ein Nasenpiercing, von dem Limo-Lionel weiß, und ein Bauchnabelpiercing, von dem er vermutlich nichts weiß. Hat eine kahle Stelle am Kopf, die sie unter Mützen und Haarbändern versteckt. Hört gern Jeff Buckley, Disturbed und Vivaldi. Hat eine große Geschenkausgabe von *Alice im Wunderland* im Bücherregal stehen, aber sonst nicht viel. Okay, zugegeben, ich habe ein bisschen Zeit darauf verwendet, bei ihr reinzuschauen. Schon komisch: Wenn du jemanden eine Weile beobachtest und dabei allmählich kennenlernst, kommt es dir so vor, als würde er mitspielen. Als hättest du seine Erlaubnis. Als würde er spüren, dass du ihn beobachtest, und es mögen. Das war der Punkt, an dem ich sorglos wurde. An dem ich mich wohlzufühlen begann.

Das klingt unheimlich? Liebe ist irgendwie unheimlich. Wenn du dich in jemanden verliebst, stellst du eine Menge Mutmaßungen über diesen Menschen an. Du projizierst alle möglichen Ideale und Fantasien auf ihn. Du legst allerlei unrealistische, unhaltbare Kriterien an, die er gar nicht erfüllen kann und die sein Scheitern ebenso zwangsläufig garantieren wie deinen Herzschmerz. (Ich hab ja gesagt: Ich lese viel.) Und wie nennt man das dann? Romantische Liebe. Na, wenn das nicht unheimlich ist.

Von all den Dingen, die ich beobachte, wenn ich eigentlich meine Hausaufgaben machen soll (Merrill: »Davon, dass du dieses gottverdammte Buch liest, wirst du nicht schlauer! Jetzt geh auf dein Zimmer und mach deine Hausaufgaben!«), liebe ich es besonders, wenn Maud sich Haare ausreißt. Ihre Finger sind dünn und weiß und ihre Haare ziemlich drahtig. Mir ist klar, dass ich eigentlich so etwas sagen sollte wie: »Der Lichterschein verleiht ihren Haaren einen hinreißenden Glanz und sie leuchten wie gesponnenes Gold.« Aber an den meisten Tagen sehen sie einfach so aus, als könnten sie mal eine Bürste vertragen. Sie wickelt sich die Haare um den Finger (gewöhnlich ist es der Zeige- oder der Mittelfinger), zieht leicht daran und lässt sie dann in sanft geschwungenen Kringeln vom Finger auf die Erde gleiten. Schon beim bloßen Gedanken kribbelt mir die Kopfhaut. Manchmal reißt sie richtig fest an ihren Haaren. Dann hält sie ganze Büschel zwischen den Fingern und schüttelt angewidert ihre Hände aus, als wären sie von Spinnweben bedeckt. Ich ertappe mich dabei, wie ich ihr mit offenem Mund zusehe.

Man nennt das Trichotillomanie. Das wusste ich anfangs nicht. Erst als ich bemerkt habe, dass sie sich *alle* Haare ausreißt, habe ich Nachforschungen angestellt. Und ich meine wirklich alle. Zuerst war ich echt aufgeregt, als sie mit der Hand in ihr Höschen fuhr. Ein Mädchen habe ich das noch nie tun sehen. Aber es dauerte nicht lange, bis ich kapiert habe, dass dabei nicht viel Vergnügen im Spiel war, nur Konzentration. Und dieselbe angewiderte Art, die Hand auszuschütteln. Na ja, das Waxing kann sie sich sparen, schätze ich. Einmal hab ich sie dabei beobachtet, wie sie vor dem Spiegel saß und ihr die Tränen übers Gesicht liefen, während sie sich die Wimpern ausriss.

Für meine Recherche über Trichotillomanie war ich in der Stadtbücherei. Es ging nicht anders. Wir haben keinen Internetanschluss. Mum liest ihre Würstchenrezepte immer noch von den Etiketten auf den Dosen ab und Dads Pornos bringt der Briefträger. Mum bezahlt Rechnungen nach wie vor mit dem Scheckbuch und kauft sich ihre Kleider in echten Geschäften, und Dad spielt immer noch mit einem echten Schläger auf echtem Rasen Golf. Die werden nie in virtuellen Welten leben. Oder auch nur aufs Handy umsteigen. (Wenn sie einmal anfangen, sich über die mannigfaltigen Übel von Mobiltelefonen zu ereifern, hören sie gar nicht mehr auf.) Mir ist das so oder so völlig schnuppe. Ich hatte mal darüber nachgedacht, die Dinge, die mich interessieren, einfach in der Schule zu googeln, bis mir irgendwann aufging, dass bei unseren Schüler-PCs höhere Sicherheitsbestimmungen gelten als beim Militär. Ein falscher Tastendruck, eine Abschweifung von der vorgegebenen Recherche-aufgabe und im Büro der Bibliotheksfachkraft wird ein Alarm, ein verdammter Alarm, ausgelöst. Ohne Witz!

Dann kommt aus dem Nichts ein Mitglied des Lehrkörpers angerannt, als wäre es auf Kommando aus der Kaserne ausgerückt, und irgendein armer Scheißer, der versucht, etwas über die Symptome von Chlamydien herauszufinden, wird am Kragen gepackt und in Windeseile entfernt. Sehr imposant. Aber selbst in der öffentlichen Bibliothek, wo die Internet-Aktivität nicht überwacht wird, halte ich mich an die Bücher. Ich mag den Geruch von Büchern. Er entspannt mich. Außerdem muss man sich nicht für ein zwanzigminütiges Zeitfenster anmelden, wenn man nur Bücher liest.

Aus den Büchern in der Bibliothek weiß ich, dass es bei Trichotillomanie um eine Art Stressabbau geht. Arme Maud. Schon komisch, wie unterschiedlich sich Psychostress auswirkt. Und dass man süchtig nach seiner eigenen Sorte Stressabbau werden kann. Maud hat ihr Reißen. Dad hat Dobie Squires. Und Mum ihre winzigen Schlückchen. So nennt sie das. Winzige Schlückchen. »Ich nehm mir nur ein winziges Schlückchen«, sagt sie gern. »Ist die Sonne schon untergegangen? Dann wird's Zeit für ein winziges Schlückchen.« Während sie sich in Wahrheit schon Schlückchen gönnt, seit die Sonne aufgegangen ist. Ich meine, es nimmt ihr doch niemand ab, dass in der Plastikflasche, die sie mit sich herumträgt, wirklich Saft ist. Als ich klein war, habe ich hinter den Vorhängen auf der Fensterbank immer Gläser gefunden, meistens halb voll und mit ein paar Insekten drin, die auf der schmierigen Oberfläche ihres roten Fusels strampelten. Wenn Mum von einem Klingeln an der Tür überrascht wurde oder davon, dass einer von uns früher nach Hause kam, hat sie das Schlückchen schnell dort versteckt und dann vergessen. Ich habe das nie kommentiert, sondern einfach die Gläser abgewaschen und sie weggestellt. Ich glaube nicht, dass Mum sich selbst für eine Trinkerin hält, weil sie nie so tief gesunken ist, dass sie auf Tetrapaks umgestiegen ist. Früher, als meine Eltern noch Leute zu Besuch hatten (als noch Leute kamen, wenn sie eingeladen wurden), hat Mum auf die herabgesehen, die mit so was ankamen. »Was für ein Säufer«, sagte sie dann. »Wein aus einem verdammten Tetrapak zu trinken!«

Manchmal sehe ich Maud trinken. Sie hat eine Flasche Southern Comfort hinter einer Puppenstube in ihrem Kleiderschrank und gießt sich ein bisschen davon in ihre Coladose. Das habe ich herausgefunden, als ich anfing, ein Fernglas zu benutzen. (Ich habe ja gesagt, Liebe ist unheimlich.) Ich besitze ein riesiges Fernglas, das früher meiner Großmutter gehört hat. Als Merrill sie in ein Pflegeheim verfrachtet hat, wurde ihr Haushalt aufgelöst und ihr ganzer Kram verteilt. Und aus irgendeinem Grund habe ich dieses Fernglas geerbt. Es hat die Größe und das Gewicht einer Minibar. Ganz im Ernst. Wenn ich es zu lange benutze, muss ich meine Ellbogen auf dem Schreibtisch abstützen. Oma hat es in der Originalverpackung aufgehoben, einem mit rotem Samt ausgeschlagenen schwarzen Lederkoffer. Einfach scheußlich. Na ja, jedenfalls habe ich es eines Tages ausprobiert, und da kniete Maud in ihrem Kleiderschrank und kippte sich ein Schlückchen in ihre Cola. Das war mir vorher nie aufgefallen. Bevor mir der Vorteil zuteilwurde, sie näher heranholen zu können (danke, Oma), dachte ich, sie würde da drüben mit ihrer Puppenstube spielen. Das mit dem Trinken erleichtert mich irgendwie. Denn die Vorstellung, dass sie in der Dunkelheit sitzt und mit Puppen spielt, fand ich irritierend. Zudem ist mir aufgefallen, dass sie sich mehr Haare ausreißt, wenn ihr der Comfort ausgegangen ist.

Die große Frage ist natürlich: Wozu zum Teufel brauchte Oma ein Fernglas? Vor allen Dingen so eins. Sie kann doch kaum dazu in der Lage gewesen sein, es auch nur aus dem Koffer zu heben.

4

Alice erklärte, soweit sie das konnte,
wie sie immer wieder von ihrem Weg abgekommen sei.
»Ich verstehe nicht, was du mit deinem *Weg meinst«,*
sagte die Königin, »alle Wege hier gehören nur mir.«

Lewis Carroll: Alice hinter den Spiegeln (1871)

An dem Tag, als ich zum ersten Mal sehe, wie Limo-Lionel Maud schlägt, schaue ich gerade durchs Fernglas. So was ist echt hart. Es hat sich angefühlt, als wäre es mein Gesicht, als würde er *mich* schlagen. Sie weiß schon, was kommt, bevor es passiert; es ist also offensichtlich schon mal vorgekommen. Ich sehe sie erschauern, als er seine Hand hebt. Erschauern, nicht zurückzucken. Ein leises Zittern läuft durch sie hindurch, bis es ihr Gesicht erreicht, wie eine starke Bö, die in einen Windsack fährt. Und dann: *schaller*! Die Backpfeife knallt richtig und hinterlässt eine Schwellung auf ihrer Wange. Dann schreit Limo-Lionel: »Solange du unter meinem Dach wohnst, wird gemacht, was ich sage, und zwar auf meine Art! Ich bestimme hier, wo's langgeht!«

Das bekommt jedes Kind irgendwann mal zu hören, schätze ich, mehr oder weniger laut. Und nicht immer von einer Backpfeife begleitet. Merrill hat aufgehört, mich zu schlagen, als ich ihn in puncto Wendigkeit und Größe überholt hatte. *Solange du unter meinem Dach wohnst, wird gemacht, was ich sage, und zwar auf meine Art!* Dieser Satz wirft gleich mehrere Probleme auf.

Erstens, Maud kann gar nicht frei entscheiden, bei wem sie wohnt. Sie sitzt da drüben genauso in der Klemme wie ich hier. Sie hat kein Geld, keine Freunde, keine Wahl. Moment – vielleicht ist das nur eine Projektion. Aber es ist so gut wie sicher, dass ich damit richtigliege. Wenn sie woanders hinkönnte, würde sie ja nicht da drüben bleiben, um sich von Lionel verprügeln zu lassen. Dann würde sie auch nicht ihre Cola pimpen und sich die Haare ausreißen, bis Blut kommt. Die ganze »Solange du unter meinem Dach wohnst«-Nummer, die immer herausgeschrien wird, als täten Eltern ihrem Nachwuchs einen Riesengefallen damit, ihn bei sich wohnen zu lassen, ist also völliger Mumpitz.

Das andere Problem dieses althergebrachten tyrannischen elterlichen Mantras sind die zwei Wörtchen »meine Art«. Denn in jeder Familie gibt es doch mindestens zwei Arten, etwas zu tun. Warum sonst sollte Mum sich mit Saft volllaufen lassen, während Dad Dobie Squires in Cujo verwandelt? Warum sonst sollte Limo-Li die sackteure haarlose Katze seiner Frau per Fußtritt quer durchs Zimmer befördern, wann immer er sie sieht? Und eigentlich sogar nicht nur dann. Ich habe auch schon gesehen, wie er das arme Ding extra gesucht hat, um ihm seinen Stiefel in den nackten Arsch zu donnern. In jeder Familie gibt es also eine geteilte Regierung. Das ist ein Naturgesetz, einfach weil unsere Eltern sich schon lange nicht mehr riechen können, wenn wir Kinder anfangen, darüber nachzudenken, wo es für uns langgehen soll.

Darum ist ihr Mantra wohl kaum ein Feuerwerk der Vernunft. Auch ohne die Einzelheiten für Lionels Wutausbruch zu kennen, würde ich jede Wette eingehen, dass hinter seinem »auf meine Art« mehr der Versuch steckt, sich zu kontrollieren als Maud. Wann immer ich »Solange du unter meinem Dach wohnst, wird gemacht, was ich sage« höre (und ich höre es häufig), springt sofort mein automatischer Schwachkopf-Übersetzer an und ich höre stattdessen: »Da mir die Kontrolle über mein Leben so jämmerlich entglitten ist, kontrolliere ich jetzt deines.«

An diesem Tag, dem Backpfeifen-Tag, nehme ich mir vor, mit Maud Kontakt aufzunehmen. Natürlich sehen wir uns in der Schule, aber ich gehöre nicht zu den Jungs, die sie zweimal anschauen würde. Oder mit denen sie gar reden würde. Die anderen Schüler finden mich unheimlich. Vor allem die Mädchen. Mich kratzt das eigentlich nicht. Mein *Collins Australian Dictionary (mit Internetlinks und CD-ROM)* definiert »unheimlich« als »ein unbestimmtes Gefühl der Angst, des Ekels oder des Grauens hervorrufend, gänsehauterregend«. So wird man wenigstens nicht zur Zielscheibe für Mobbing. Im Gegenteil. Die Sportskanonen geben sich nicht mit mir ab, die Emos haben Angst vor mir und die Mädchen halten mich für asexuell. Perfekt. So schlüpfe ich unter dem Radar durch. Jedenfalls die meiste Zeit.

Jetzt, wo ich es schon erwähnt habe, muss ich mal einen Moment einhaken, um über mein *Collins Australian Dictionary (mit Internetlinks und CD-ROM)* zu reden. Ich habe es am Ende des 9. Schuljahrs als eine Art schulische Auszeichnung bekommen. So nah bin ich einer Tracht Prügel von den anderen noch nie gekommen. Da verbringst du deine gesamte Schulzeit damit, dir den Ruf des Unheimlichen aufzubauen, und dann geht irgend so ein Idiot von Lehrer hin und schenkt dir ein Lexikon als »Auszeichnung für besonderen Fleiß«. Ich bin nur deswegen mit kleineren Sticheleien und ein bisschen Herumgeschubstwerden davongekommen, weil sie mir keine Bibel geschenkt haben. Na ja, wie auch immer, ich habe die CD-ROM jedenfalls sofort installiert. Von den Internetlinks habe ich zwar nichts, aber das ist mir egal. Dieses Lexikon ist großartig. Manchmal sitze ich einfach da und schlage Wörter nach, auf die ich vorher kaum einen Gedanken verschwendet habe. Zum Beispiel weiß ich jetzt, dass »Idiot« der korrekte Begriff für Mr Streberpreis ist, weil er von dem griechischen Wort *idiotes* kommt, das so viel heißt wie: einer, dem es an Fachwissen fehlt. Exakt. Ich saß übrigens auch vor meinem *Collins Australian Dictionary (mit Internetlinks und CD-ROM)*, als ich damit anfing, Maud zu beobachten.

Aber zurück zum heutigen Tag, dem Backpfeifen-Tag. Als Limo-Li Mauds Zimmer wieder verlassen hat, setzt sie sich aufs Bett und fängt an, ihre Haare zu zwirbeln und auszureißen. Sie vergießt nicht eine Träne. Ich möchte am liebsten für sie weinen. Und ich möchte Kontakt zu ihr aufnehmen; irgendeine Art von Kontakt, bei der sie nicht gleich ausflippt und am Ende Lionel wieder vor unserer Tür auftaucht. Also schreibe ich das hier in großen schwarzen Lettern auf einen Zettel und klebe den dann so an meine Fensterscheibe, dass die Schrift nach außen zeigt:

»Alice erklärte, soweit sie das konnte, wie sie immer wieder von ihrem Weg abgekommen sei. ›Ich verstehe nicht, was du mit deinem *Weg meinst‹, sagte die Königin, ›alle Wege hier gehören nur mir.‹«*

Ich wusste gar nicht, dass sie eine Brille hat. In der Schule trägt sie die nie. Ich trete sofort vom Fenster weg, damit sie mich nicht direkt anschauen muss, und beobachte, wie sie Zentimeter um Zentimeter immer näher ans Fenster rückt, die Augen zusammenkneift und ihr Gesicht zu einer Grimasse verzieht. So wie man es macht, wenn man sich auf etwas in der Ferne konzentriert. Und das ist dann der Moment, in dem sie die Brille aufsetzt. Wow, damit sieht sie sogar noch hübscher aus, wenn das überhaupt möglich ist. Es ist so ein altmodisches Katzenaugen-Gestell mit Glitzersteinchen an den Schläfen. Die Sorte, die Elton John in den Siebzigern getragen hat. Sie zieht immer noch an ihren Haaren. Dann runzelt sie die Stirn. Und dann lächelt sie.

Es ist kein breites Lächeln. Eher ein zittriges. Aber definitiv ein Lächeln. Ein richtiges Zahnpastalächeln, gefolgt von einer Antwort, wäre mir lieber gewesen. Aber ich deute das mal als ein Zeichen vorsichtiger Solidarität. Sie erzählt es Limo-Lionel nicht und sie rennt auch nicht vom Fenster weg. Das waren meine größten Sorgen. Es ist ihr nicht peinlich, dass es einen Zeugen für die hässliche Szene gegeben hat, und wütend ist sie auch nicht. Sie sieht einfach nur müde und ausgehöhlt aus.

Ist euch schon mal aufgefallen, dass die meisten Leute nie ihre wahren Gefühle zeigen? Und dass sie automatisch immer auf sauer umschalten? Das ist so, als kämen die Menschen mit einem eingebauten Schalter auf die Welt oder als würde er sich irgendwann später herausbilden: Wenn ihnen etwas peinlich ist, werden sie sauer. Wenn sie verletzt sind, werden sie sauer. Wenn sie verwirrt sind, werden sie sauer. Oder halt, vielleicht ist es doch kein Schalter. Vielleicht ist es ein Kurzschluss direkt auf sauer. Ich habe keine Ahnung, wie man sich verhält, wenn man glücklich ist. Dafür kenne ich nicht genügend glückliche Menschen.

Jedenfalls steht sie da. Die müde, ausgehöhlte Maud. Mit einem Lächeln wie ein Zittern auf einer

Landschaft. Aber es ist immerhin ein Lächeln. Ein Lächeln, das mir Mut macht. Dann weicht sie vom Fenster zurück, setzt sich auf ihr ungemachtes Bett und reißt sich weiter Haare aus.

5

Cree-py-sieht-mich-an

Zuerst macht er mir Angst. Aber das Angsthaben fühlt sich gut an. Wie das Ziehen beim Haareausreißen. Wie der Schauder des Erkennens. Ich wurde gesehen. *Al-le-We-ge-hier. Ge-hö-ren-nur-mir.* Das hat er für mich in sein Fenster geklebt. Zwei Fünfsilber, die durch den überschaubaren Raum zwischen uns gepurzelt sind und mich im Nu verstanden und beschrieben haben. Alle Wege hier gehören eben nicht mir, sondern alles ist verkehrt herum – gut ist schlecht, Liebe Enttäuschung, Sicherheit Angst. Und nur mir gehören die Teile von mir, die sich vom Rest des Mädchens losgelöst haben, das alles so verkehrt macht. Woher weiß er das bloß? Woher weiß er, dass diese Fünfsilber wie auf Knopfdruck meine versteckten Seiten zum Vorschein bringen? Ich mag Fünfsilber. Ich mag Fünfsilber, die anschwellen und abfallen wie ein Rhythmus. Fünf Silben sind schön übersichtlich und einfach. Wie tiefes Durchatmen, sich im Bett umdrehen, nach langem Stehen hinsetzen. Manchmal formuliere ich das, was ich sagen will – laut oder im Kopf –, so um, dass es fünf Silben ergibt. Das beruhigt mich.

Diesmal erzähle ich es Dad nicht. Mum und Dad mögen weder Creepy noch seine Eltern. Ich höre sie reden. Sie wissen nicht, dass ich zuhöre, oder glauben, dass ich, wenn ich zuhöre, eh nichts verstehe. Sie halten mich für behindert. Instabil. Unfähig. Aber ich höre sie. Creepys Eltern höre ich auch. Ich höre sie streiten, und ihr Streiten ist fast so etwas wie Liebe. Wenigstens reden Creepys Eltern noch. Meine reden nicht mehr. Es ist, als würde alles an ihnen zerbröseln: ihre Mundwinkel, die kleine Kuhle an ihrem Hals, an der man das Schlucken verfolgen kann, sogar ihre Fingerabdrücke. Bin ich schuld, dass sie so geworden sind? Bin ich schuld an dieser Zerbrechlichkeit?

Creepys Eltern müssen sich lieben, denn Liebe erkennt man erst, wenn Einsamkeit an ihre Stelle tritt, und es gibt nichts Einsameres, als wenn man seine ganze Lautstärke auf einen Menschen richtet. Einmal habe ich die beiden in ihrem Garten streiten hören und war so aufgeregt, dass ich angefangen habe zu reißen. Als ich aus dem Fenster schaute, saßen sie sich vornübergebeugt auf Plastikstühlen gegenüber und schrien sich an. Als Nächstes sah ich, dass Creepys Dad seiner Frau die Zehennägel schnitt, während ihr anderer Fuß in einer Schüssel mit Seifenlauge ruhte. Creepys Mum rief: »Ach, halt den Mund!«, lehnte sich dabei aber zurück und schloss die Augen wegen der Sonne. Ich frage mich, was Creepy über diese zärtliche Zwietracht denkt. *Zärt-li-che-Zwie-tracht.* Das ist ein schöner Fünfsilber.

Alle in der Schule nennen ihn Creepy. Ich hab sogar gehört, wie Mrs Jackson, die Bibliothekarin, ihn so nannte. Er ist wirklich irgendwie unheimlich. Die Leute gehen ihm aus dem Weg, aber es scheint ihm nichts auszumachen. Er hat keine Freunde. Er liest ständig. Ich hatte ihn überhaupt nicht beachtet, bis er anfing, mich durchs Fenster zu beobachten. Und als ich ihn dann beachtet habe, ist mir vor allem aufgefallen, wie unauffällig er ist. Man kann nicht mal sicher sagen, ob er in seinem Zimmer ist oder nicht. Ergibt das einen Sinn? Selbst Geister und Geheimnisse haben irgendeine Art von Präsenz. Aber er ist wie Staub in der Luft. Du weißt zwar, dass er da ist, aber er berührt deine Sinne nicht, bis das Licht auf eine ganz bestimmte Art auf ihn fällt. Und selbst dann ist er nur ein zarter Schleier, durch den man einfach so durchgehen kann. Das ist Creepy: Du könntest einfach so durch ihn durchgehen und er würde nicht einmal eine kalte Stelle in deinem Herzen hinterlassen.

Manchmal sehe ich ihn an, wenn er gerade nicht guckt.

Ich hatte noch nie einen festen Freund. Ich hab zwar schon einiges mit Jungs gemacht, aber nicht alles, das wollte ich auch noch nie. Wenn ich an Creepy denke, denke ich gar nicht so was; ich betrachte ihn ganz anders als andere Jungs. Aber ich glaube, dass Creepy schon so an mich denkt. Mum sagt, ich würde oft Sachen falsch interpretieren und nicht auf nonverbale Signale achten. Aber ich werde wütend, weil die Leute mich nie sehen. Anscheinend gibt es Pillen dagegen.

Manchmal schaue ich Creepy also an. Allerdings nur, wenn er gerade nicht zu mir hinsieht. Er hat ein Ich-gucke-gar-nicht-Gesicht. Es ist die Miene von einem, der schnell weggesehen hat, unmittelbar bevor man ihm den Blick zuwendet.

Ich habe Freunde. Die Art Freunde, die man hat, weil sie einem nützlich sind. Freunde, die dich eigentlich gar nicht kennen und auch wissen, dass sie dich nicht kennen, die das aber genauso in Ordnung finden wie du selbst. Sie sind die Gruppe, mit der du abhängst und die dir Glaubwürdigkeit verleiht. Meine Freunde ignorieren, dass ich mir Haare ausreiße und sie manchmal auch aufesse, weil sie nie sehen, wie ich es mache. Und was sie nicht sehen, existiert für sie nicht. Sie tun so, als ob ich gar nicht reißen würde, und ich tue so, als ob Saz sich nicht ritzen würde und als ob Bec keine Kleptomanin wäre, Meg keine zwanghafte Lügnerin und Alexa keine Schlampe. Alexa hat außerdem Chlamydien, aber das weiß inzwischen jeder und es scheint sie sogar in gewisser Weise interessant zu machen. Ich hätte gern einen richtigen Freund, aber ich weiß nicht, wie man das anstellt. Ich hab Nancy gefragt, ob man mit jemand befreundet sein kann, mit dem man nicht spricht, und sie hat Nein gesagt: Kommunikation sei die Basis jeder Beziehung. Nancy ist die Ärztin, zu der sie mich schicken. Sie denken, dass mit mir was nicht stimmt, also schicken sie mich zu ihr und dann reden wir nicht mehr darüber. Manchmal stelle ich Nancy echte Fragen, die aber genau deswegen nicht zum Thema gehören. Sie hört mir zu und gibt mir immer eine Antwort, die zu weiteren Fragen einlädt. Nur, dass ich nie aufgefordert werde, weitere Fragen zu stellen. Nancy ist wie ein guter Jäger: Sie lässt den Hund hin und wieder abseits der Fährte herumschnüffeln, aber wenn es drauf ankommt, ist sie ganz auf den Fuchs konzentriert. Also verspreche ich nach der Sitzung, über die Dinge nachzudenken, die wir besprochen haben, und denke dann nur über die Dinge nach, die nicht vorkamen. Wie zum Beispiel: Wenn Kommunikation die Basis jeder Beziehung ist, warum fußen dann alle meine Beziehungen auf Scheinkommunikation?

Creepy und ich kommunizieren in gewisser Weise miteinander. Dieser eine kleine Zettel ist wie eine Verlockung für mich. Er ist ein kleiner Schnipsel von etwas Realem, das nicht ganz da ist, aber in diesem Moment mehr da ist als alles andere. Wie dieser Staubschleier in der Luft. Nancy würde sagen, das ist keine Kommunikation. Nancy würde sagen, der unheimliche Junge von nebenan versucht, sich an mich ranzumachen, nur dass sie nicht »ranmachen« sagen würde. So würde Mum es ausdrücken. Nancy würde wahrscheinlich sagen, »er versucht, dich dahin gehend zu manipulieren, dass du dich zu unangemessenem Verhalten verleiten lässt«.

Man ermuntert mich, meine Freundschaften auszubauen, und ich erzähle Nancy, dass meine Freunde mich sehr unterstützen, weil sie genau das hören will. Wenn sie hört, was sie hören will, ist das für sie ein Erfolg, und das ist dann auch für mich einer. Dabei erzähle ich meinen Freunden überhaupt nichts. Was könnte ich schon sagen, das nicht gegen die Regeln verstößt? Wir sagen uns nicht die Wahrheit. Wir benutzen uns gegenseitig als Tarnung.

Als Saz und ich am Ende des Schuljahres beim Schummeln erwischt wurden, hat sie sich fast die Pulsadern aufgeschnitten. Sie wollte es gar nicht wirklich. Die anderen haben gesagt, sie hätte Angst vor den Konsequenzen gehabt. Ich sage: Jeder Vorwand ist gut. Jedenfalls hat sie sich auf der Mädchentoilette mit einem zerbrochenen Schminkspiegel verletzt. Bec hat sie gefunden, fünfundzwanzig Dollar aus ihrer Tasche geklaut und ist wieder gegangen. Das ist Freundschaft. Am Ende wurde Saz von einem hysterischen Mädchen aus der achten Klasse entdeckt, das dann noch auf dem Weg zur Schulkrankenschwester auf die Nase gefallen ist und sich zwei Schneidezähne ausgeschlagen hat. Ich hab die Prüfung einfach nicht bestanden und eine Standpauke über mich ergehen lassen, dann bin ich nach Hause gegangen und hab mir einen eingeschenkt. Vielleicht war dieses Mädchen aus der achten Klasse an dem Tag die Einzige, die wirklich bestraft wurde.

Ich wurde mal für was bestraft, das ich in mein Tagebuch geschrieben hab. Ich erinnere mich nicht mehr, was es war, aber ich weiß noch, dass mir gesagt wurde, es sei »sehr enttäuschend«, und dann hab ich eine Backpfeife bekommen. Mum wollte nicht mal mit mir reden. Sie tat mir leid, weil ich ihr wehgetan hatte. Meine Gedanken hatten ihr wehgetan. Ich hatte etwas gedacht, und das hatte den Weg aus meinem Kopf aufs Papier gefunden und Schaden angerichtet. Auf die Idee, dass sie gar nicht erst in meinem Tagebuch hätte herumschnüffeln sollen, bin ich nicht gekommen. *Fürs-Den-ken-be-straft.* Was machst du, wenn du nicht mehr denken darfst? Denk in Codes. Denk in Codas. Denk nicht.

Coda: Wenn sie hört, was sie hören will, ist das für sie ein Erfolg, und das ist dann auch für mich einer.

6

Durch-ein-dunk-les-Glas

Ich sage und denke nie das Richtige, und manchmal vergesse ich, wo ich bin, und sage Dinge, die ich nicht sagen sollte. Oder sage Dinge, die ich nicht sagen würde, wenn ich mir die Zeit nehmen würde, aus meinem Kopf herauszutreten. Ich mag's hier drin. In meinem Kopf, meine ich. Es sind die anderen, die sich Sorgen machen, was da drinnen vorgeht. Ich hab beschlossen, nicht aus meinem Kopf rauszukommen. Wenn sie was von mir wollen, können sie ja reinkommen. Ich schätze mal, dazu ist Nancy da.

Mein Leben wird durch ein dunkles Glas gelebt. Creepys Mum hat in der Toilette ein dunkles Glas Rotwein auf dem Fensterbrett stehen. Ich kann es von hier aus sehen. Sie bewahrt einen Tetrapak in ihrem Wäscheschrank auf, was entweder niemand weiß oder von allen geflissentlich ignoriert wird. Ich hab sie dabei beobachtet, wie sie ihn rausgeholt und sich Wein eingeschenkt hat; dabei hat sie sich nervös umgeschaut und ihr lief der Schweiß übers Gesicht. Die Arme! Sie kriegt manchmal so Hechel-Anfälle, wie Sylvia, wenn Dad in der Nähe ist. Kämpfe oder fliehe. Dabei braucht Creepys Mum sich eigentlich gar keine Sorgen zu machen. Sie wird nie erwischt. Ich weiß erst, dass sie ihren Wein mit aufs Klo nimmt, seit ich das Glas entdeckt habe, das hinter dem kleinen Vorhang am Fenster versteckt ist. Der Wein hat die gleiche Farbe wie Blut. Je nachdem, wie das Sonnenlicht darauf fällt, schillert er wie ein Fascinator-Hut, wie eine Gorgone hinter Spinnweben. Ich lebe mein Leben durch ein dunkles Glas und warte darauf, dass das Licht mich fasziniert.

Meine Oma hat mir von den Gorgonen erzählt. Ich war noch ganz klein, und die Vorstellung von goldenen Flügeln und Schlangengürteln ängstigte und faszinierte mich zugleich. Das ist der Grund, warum die Leute mich nicht anschauen oder, wenn sie es doch tun, eine Spiegelung sehen. Vielleicht halte ich ja sogar selbst den Spiegel hoch. Hinter Glas fühle ich mich am sichersten. Wie zum Beispiel hinter meiner Fensterscheibe. Creepy und ich sind beide durch das Fenster geschützt, aber wir müssen vorsichtig sein:

Unsere Sicherheit wird durch den Raum dazwischen bedroht. Manchmal sehne ich mich danach, die Vorhänge zuzuziehen, wenn Creepy mich anschaut; um mich zu verteidigen oder ihn oder uns beide. Manchmal beobachte ich ihn und wünsche mir, er würde zu Stein erstarren.

Er liest ständig und kritzelt irgendwas auf die Buchseiten. Ich frage mich, was er da hinschreibt. Ich stelle mir vor, dass seine Kommentare kurz und bündig sind. *Ja* und *Nein* und *Warum*. Vielleicht macht er auch Querverweise. Ich hab nämlich gesehen, wie er ein Buch, in dem er las, hingeworfen und dann ein anderes genommen und es aufgeregt durchgeblättert hat. Im Umgang mit seinen Büchern wirkt er sehr anmutig. Dann ist er auch am präsentesten: Das Licht trifft dann anders auf ihn, und plötzlich wirkt er ganz groß und schlank und elegant.

Sein Lesen schließt mich aus. Ich lese nicht gern.

Lesen verwirrt mich. Dabei gehöre ich zu den Menschen, die eigentlich sehr viel Freude am Lesen haben könnten. Lesen ist bestimmt so, als würde man zusammen mit anderen in seinem Kopf leben. Wie Gesellschaft, die man nach Belieben an- und ausschalten kann. Wie echte Freunde vielleicht.

Ich bin nicht dumm. Ich erkenne die Wörter und

kann sie auch lesen; die Sätze fliegen vorüber und die Absätze bauen sich Schicht um Schicht auf, aber dann passiert etwas Merkwürdiges. Es ist, als wäre ich irgendwann nicht mehr aufnahmefähig. Ich komme an einen Punkt, an dem sich alle Wörter und Sätze und Absätze, die eben noch – beim Lesen – einen Sinn ergaben, plötzlich ineinander verheddern, bis sie so durcheinander sind, dass man Kopfweh davon bekommt. Ein gewaltiger Wust unentwirrbarer Wörter, die genauso gut aus einer Fremdsprache sein könnten. Einmal hab ich ein Glas Milch getrunken und musste mich gleich darauf übergeben. Als ich die Milch wieder ausgespuckt habe, war sie ganz flockig und sauer, obwohl sie nur kurz in mir drin gewesen war. Genau das passiert auch, wenn ich lese: Die Wörter tauchen in mich ein und kurze Zeit später stoßen sie mir sauer auf.

Deshalb werde ich irgendwie eifersüchtig, wenn ich Creepy lesen sehe. Es gefällt mir, dass er mir ein Zitat aus einem Buch rausgeschrieben und ins Fenster gehängt hat. Gestern hat er wieder eins geschrieben: »Ich mag es nicht, wenn eine Frau mir gegenüber zu offen und unbefangen ist«, stand auf dem Zettel. Und dann hat er mir mitgeteilt, dass es von jemand namens Sir Arthur Conan Doyle stamme, und ich hab gelächelt, weil ich wusste, dass er mir damit sagen wollte, wie sehr er mich mag. Und weil ich es in Anbetracht der Situation lustig fand.

Ich bin weder offen noch unbefangen. Die Leute halten mich für offen, aber sie verwechseln Offenheit mit Unsicherheit. Oma hat mal gesagt, Unsicherheit hätte für das ungeübte Auge sehr viel Ähnlichkeit mit Offenheit. »Nimm dich vor jedem in Acht, der einen Satz mit ›Um ehrlich zu sein‹ oder ›Offen gesagt …‹ anfängt«, meinte sie. »Dann kannst du dich nämlich darauf gefasst machen, eins reingewürgt zu kriegen.« Und sie hatte Recht. Nancy sagt sehr häufig: »Um ehrlich zu sein«.

Mum und Dad sind sehr offen miteinander. Ihr wärt auch offen, wenn eure Hoffnungen zunichtegemacht worden wären. Es bliebe euch gar keine andere Wahl. Ihr würdet euch an eure Enttäuschung klammern und euch damit eine Schneise durch den Tag schlagen. Hoffnungslosigkeit – deine Waffe und dein Freund. Ihr wärt ehrlich zu jedem außer zu euch selbst, und die kleine Gorgone in euch würde jeden Zweifel, der sich in euch regt, weil ihr die Leute geradezu aufspießt mit eurer Meinung und eurer Aufrichtigkeit, zu Stein erstarren lassen.

Zeichnen ist eine andere Form von Ehrlichkeit. Ich

bin gut darin, glaube ich. Im Zeichnen, nicht im Ehrlichsein. Wenn ich zeichne, ist es so, als würde das dunkle Glas, durch das ich die Welt sehe, ein kleines bisschen heller, und dann noch ein bisschen und noch ein bisschen. Die Linien, die ich aufs Papier werfe, sind wie Messer, die durch den Morast in meinem Kopf schneiden. All die kleinen Stücke von mir kommen zusammen, als würde ich ein Netz zeichnen und mich damit selbst aufsammeln. Aber dieses Netz ist keine Falle, es ist gut; es bringt mich an einem Ort zusammen. Manchmal zeichne ich mich selbst, und wenn ich mir die Bilder anschaue, sehe ich nichts Schlechtes, Hässliches oder Beängstigendes. Keine Gorgone. Aber sobald das Bild fertig ist, verdunkelt sich das Glas wieder, und ich erkenne mich selbst kaum mehr.

Wie ich schon sagte: Manchmal zeichne ich mich selbst, aber meistens zeichne ich andere. Das weiß nur keiner. Ich falte die Zeichnungen ganz klein zusammen und verstecke sie unter einem Stück Linoleum in meinem Puppenhaus. Das ist, als würden die Menschen, die ich zeichne, dort wohnen – sie bilden mein kleines, klar begrenztes Umfeld. Vielleicht banne ich ja kleine Stücke von denen, die ich zeichne, auf Papier, so wie Fotografien eine Seele einfangen können. Womöglich nehme ich ihnen umso mehr von ihrer Macht über mich, je mehr ich sie zeichne. Wenn ich Zeit habe, muss ich Nancy mal zeichnen.

Ich zeichne die Leute so, wie ich sie durch-das-dunk-le-Glas sehe. Einige sind schön, andere nicht. Auch Creepy zeichne ich, aber ich würde es ihm nie sagen oder zeigen. Hin und wieder, wenn ich traurig bin, zeichne ich mich selbst, wie ich mich in seinem Fenster spiegele und mit meinen goldenen Flügeln und dem Schlangengürtel über ihm liege wie ein Geist oder das Kleid eines Papiermännchens. Auf die Weise sieht er mich an, und ich sehe mich gleichzeitig selbst.

Ich zeichne Mums Gesicht (sie ist sehr hübsch) und Dads Hände. Ich zeichne beides so, dass es zusammen eine Kreatur ergibt, die aus Gesicht und Händen und sonst nichts besteht; denn so sehe ich sie. Das Gesicht meiner Mutter mit einem *soupçon* von Fröhlichkeit, die fest in ihre Offenheit verpackt ist, und die Hände meines Vaters, die seitlich aus ihrem Kopf wachsen wie Bullwinkles Schaufelgeweih. *Soupçon* ist Französisch. Das Wort fühlt sich gut an im Mund. Man muss es aussprechen, als hätte man den Mund voll. Ich mag Französisch. Ich mochte Französisch.

Coda: Ich warte darauf, dass das Licht mich fasziniert.

7

Der Unterschied zwischen Verzweiflung
Und Angst – ist wie der
Zwischen dem Augenblick eines Schiffbruchs
Und der langen Zeit danach

Emily Dickinson: #305 (1862)

Manchmal versuche ich mir vorzustellen, wie meine Eltern waren, als sie jung waren. Ich weiß, dass sie einmal jung waren, und damals haben sie irgendetwas füreinander empfunden. Das fasziniert mich. Wenn es wirklich Liebe war, wie lange hat sie gehalten? Wie lange hat es gedauert, bis sie nicht mehr zusammen auf ein Foto wollten? Fünf Jahre? Oder fünf Minuten? Ist irgendwo da drinnen noch ein Überbleibsel vorhanden? Ein klitzekleiner Rückstand positiver Gefühle, schmierig wie die Bremsspur, die ich oft in Merrills weißen Unterhosen sehe; der feucht-klebrige Überrest einer festeren, doch schon lange ausgelöschten Realität? Okay, das ist ganz schön eklig. Aber soweit Vergleiche überhaupt funktionieren, erscheint mir dieser angemessen. Vor Jahren hat Mum noch jede Menge Waschpulver auf solche Bremsspuren gekippt und sie mit der Nagelbürste rausgeschrubbt. Aber das macht sie jetzt nicht mehr. Sie wirft die dreckige Unterwäsche einfach zur restlichen Wäsche. Man könnte meinen, dass mir das etwas ausmacht, tut es aber nicht. Vor Dads Scheiße gibt es für mich so oder so kein Entrinnen, und auf diese Weise hängt sie wenigstens nur in meinen Kleidern.

Wie kommt ein Mann in einer Beziehung an den Punkt, wo er glaubt, sich den Hintern nicht mehr abwischen zu müssen? Ich habe Dads Hintern mal gesehen. Als er sich nackt rasiert hat. Ich komme ins Bad, und da steht Merrill in seiner ganzen Pracht: glasiger Blick, Rasierer in der Hand, und zwischen den Pobacken lugt ein veritabler Pelz hervor. Es sah aus, als hätte er sich auf ein Meerschweinchen gesetzt. Arme Mum. Ich wette, wenn er bei seiner Geliebten war, ist Dad immer rückwärts aus dem Schlafzimmer gegangen. Wenn er überhaupt eine hatte. Sich untenrum zu rasieren, könnte auch einfach nur ein für ihn typischer Trick gewesen sein, um Mums Aufmerksamkeit zu erregen.

Die Annahme, dass sie sich mal geliebt haben, löst bei mir aber noch mehr aus als Faszination. Sie macht mir auch ein bisschen Angst. Richtet jeder Liebende irgendwann den Familienhund zur Kampftöle ab? Eigentlich enden Geschichten über die Liebe nicht so. Und teilweise glaube ich, trotz allem, auch immer noch an das Happy End. Was daran liegen könnte, dass ich selbst gerade verliebt bin. Vielleicht ändert sich das ja, wenn ich erst Schiffbruch erlitten habe.

Vielleicht ist auch gar nicht die Liebe schuld, sondern die Ehe. Vielleicht enden alle Liebesgeschichten mit »und sie lebten glücklich bis ans Ende ihrer Tage«, weil es jeder Fantasie Hohn spricht, dass das Schiff der Liebe irgendwann einmal auch in stürmische See geraten könnte. Das Schiff der Liebe. Schrecklich. Das Bild mit der Bremsspur war viel besser. Schließlich sind wir nicht dazu bestimmt, bis ans Ende unserer Tage mit nur einem Menschen zusammen zu sein. Männer sind biochemisch und genetisch darauf programmiert, ihren Samen zu verstreuen, sich neue Partnerinnen zu suchen, um die Spezies zu erhalten. Oder nicht? Jedenfalls hat Mrs Webster uns das im Biologieunterricht erzählt. Sie hat sich nicht lange an unserer Schule gehalten.

Ich liebe Maud, aber das würde ich ihr nie sagen. Es

ist mehr als ein Geheimnis, es ist eine Kriegsverletzung. Eine tiefe, blutige Wunde, die vor sich hin fault, weil sie nicht behandelt wird. Außerdem habe ich ja gesehen, was aus erklärter Liebe wird. Wie sie sich entwickelt.

Mrs Webster hat uns auch erzählt, dass wir uns alle noch weiterentwickeln und dass der nächste Schritt die Rückbildung unseres Kinns sei. Wir brauchen es nicht, hat sie gesagt. Wenn das stimmt, ist Owen Liddell der am weitesten entwickelte Mensch unserer Schule. Er hat so ein E.-M.-Forster-Kinn, das am unteren Zahnfleischrand anfängt und dann zum Kehlkopf hin schrägt abfällt. Da ist einfach nichts. Owen Liddell ist auch der verliebteste Junge an unserer Schule und eine wertvolle Lektion für uns andere, dass man besser den Mund hält, wenn es um Liebe geht. Ich habe gesehen, was aus Liebe wird, wenn man sie gesteht.

Owen Liddell hat sich in der achten Klasse in Bella Hayman verliebt. Zuerst warf er ihr nur verstohlene Blicke zu und manövrierte sich während des Unterrichts in ihre Nähe. Dann hat er angefangen, sich bei einer ihrer hässlichen Freundinnen einzuschmeicheln. Ist euch schon mal aufgefallen, dass alle hübschen Mädchen diesen Dreh raushaben? Sie haben immer eine in ihrer Entourage, die hässlich ist wie die Nacht, und für gewöhnlich verhält die sich aus lauter Dankbarkeit, dazugehören zu dürfen, wie eine Dienstmagd. Jedenfalls hat Owen angefangen, sich mit der hässlichen Helen abzugeben (so wird sie nun mal von allen genannt, okay?), und versucht, über sie an Informationen über Bella, das Objekt seiner Begierde, zu kommen. Leider hat die hässliche Helen Owens Absichten falsch eingeschätzt und auf das ihr entgegengebrachte Interesse damit reagiert, dass sie sich in ihn verliebt hat. Mädchen können so was. Sie verlieben sich in Hässlichkeit, weil ihnen innere Werte wichtiger sind. Hab ich irgendwo gelesen. Jedenfalls hätte Owen sich mit der hässlichen Helen zufriedengeben sollen. Machen wir uns nichts vor: Sie war ein Geschenk – was Besseres wird er nie kriegen. Aber das hat er nicht geschnallt. In der zehnten Klasse hat er der hässlichen Helen Briefchen zusteckt, die sie an die bildhübsche Bella weitergeben sollte. Und obwohl der hässlichen Helen bestimmt das Herz brach, hat sie die Briefchen aus Liebe zu Owen weitergereicht. Dessen Kinn immer weiter zurückwich, je älter er wurde.

Ihr werdet euch möglicherweise fragen, woher ich so gut über diese kleine Dreiecksbeziehung informiert bin. Ich kenne die Details, weil jeder sie kennt. Die ganze Angelegenheit spitzte sich an einem heißen Tag gegen Ende der zehnten Klasse so zu, dass wir alle ein Wahnsinnsspektakel geboten bekamen. Owen machte Bella seine Liebeserklärung. Und diejenigen, die nicht von Anfang an dabei waren, wurden bald von dem ganzen Geschrei angelockt. Jawohl, Geschrei.

Offenbar hatte Owen sich, unzufrieden mit dem langsamen Fortschreiten seiner Werbung (und ohne damit zu rechnen, dass die hässliche Helen noch ihre eigenen Ziele verfolgen könnte), dazu entschlossen, Bella persönlich aufzulauern und ihr seine Liebe zu gestehen. Diesen Schritt kann ich mir nur so erklären, dass die Jahre unerwiderten Schmachtens in ihm die Illusion erzeugt haben müssen, seine Gefühle würden erwidert. Ein IQ, welcher der Größe seines Kinns entspricht, wird sein Übriges beigetragen haben. Aber ich gebe ihm fünf Tapferkeitspunkte. Als sein Herz und seine Würde durch den Hohn Bellas und ihrer Meute zerfetzt wurden, hatte er bereits jeden Sinn für die Realität verloren. Er drehte durch vor Kummer und Schmerz. Warum auch nicht? In Büchern passiert das andauernd. Wir alle konnten zusehen, wie Owens Stimmung von Panik in Verzweiflung und dann – Überraschung! – in Wut umschlug, während ihn die schärfste Waffe, die ein Mädchen besitzt, mitten ins

Herz traf: Gelächter. Am Ende stand Owen tatsächlich mitten vor dem Haupteingang der Schule und schrie: »Bella! Belllllllllaaaaaaa!«, alldieweil sie mit ihrem knochigen Arsch hochmütig den Rückzug antrat. Danach ist Owen drei Tage nicht in der Schule erschienen. Als er das nächste Mal ins Klassenzimmer kam, hatte jemand in riesigen Buchstaben »Arme Bella« quer über die Tafel geschrieben.

Und die hässliche Helen? Die tragikomische Antiheldin der Geschichte? Das Letzte, was ich hörte, war, dass ein Austauschschüler, den alle nur den Teletubby nannten, sie mit Herpes angesteckt hat. Sie hätte die Messlatte wirklich höher anlegen sollen.

Wie schon erwähnt: Ich liebe Maud, aber ich würde es ihr nie sagen.

8

Meine Schulzeit war bitter. Ich habe eine ganze Reihe von Schulen für geistesgestörte Lehrer besucht.

Woody Allen

Die Schule ist ein seltsames Land. Seltsam kann interessant sein. Oder einfach nur seltsam. Es stört mich nicht, dass ich zur Schule gehen muss. So habe ich tagsüber etwas zu tun. Maud ist da. Und wenn man, wie ich, ein Außenseiter ist, bietet sich dort zudem Gelegenheit, die unschöneren Facetten menschlichen Verhaltens zu studieren. Also die, die man normalerweise außerhalb von Gefängnissen oder Parlamenten nicht zu sehen bekommt. Und ihr wisst ja, ich beobachte gern.

Ich gerate in der Schule nie in Schwierigkeiten. Auch die Lehrer finden mich irgendwie unheimlich, aber sie würden es nie zugeben. An den Elternsprechtagen (die zu den wenigen Gelegenheiten gehören, bei denen meine Eltern eine geschlossene Front bilden) werden Floskeln bemüht, die solchen Schülern vorbehalten sind, die die Lehrer gar nicht richtig kennen und die ihnen auch egal sind. Beliebt sind Formulierungen wie »konstante Leistung« (übersetzt: »taucht regelmäßig hier auf«) und »hat Potenzial« (übersetzt: »taucht pünktlich hier auf«). Die meisten kommen nur mit Hilfe eines Klassenfotos überhaupt darauf, wer ich bin. Wenn ich Geschwister hätte, würde meinen Eltern auffallen, dass kein Satz, der dort fällt, wirklich etwas mit mir zu tun hat. Alles ist recycelt. Aber Mum und Dad kapieren das nicht und fühlen sich stets aufs Schönste bestätigt und gebauchpinselt. Abends gibt es dann Pizza.

Maud gerät in der Schule häufig in Schwierigkeiten. Und Probleme sind an meiner Schule immer eine öffentliche Angelegenheit. Jeder erfährt davon. Das funktioniert wie bei der französischen Résistance. Ich habe auf diese Weise sogar erfahren, dass Audrey Foote im Technik-Kurs ihre Tage bekommen hat. Als sie aus dem Raum rannte, sah es dort aus, als hätte jemand eine Ziege geschlachtet. So hieß es zumindest.

Den größten Ärger hat Maud wegen eines Buches bekommen. Diese Geschichte hat mich nachhaltig beeindruckt. Und ich frage mich seither, was für kontroversen Lesestoff sie wohl sonst noch hinter dem Puppenhaus mit dem Alk versteckt.

In unserer Schule herrscht striktes Comic-Verbot. Comics und Graphic Novels werden nicht einmal als richtige Bücher betrachtet. Es gab sogar einen Elternabend zu dem Thema. Eine für nach Anbruch der Dunkelheit anberaumte Sitzung mit der Schulbehörde, auf der über die Infiltration mit fragwürdigem Bildmaterial und seine Wirkung auf die schutzlosen, noch nicht vollständig ausgereiften Hirne Heranwachsender diskutiert wurde. Das habe ich mir nicht ausgedacht. Es stand so auf dem Infoblatt. Meine Eltern sind nicht hingegangen. Wenn es nicht um sie geht, interessiert es sie nicht.

Ich weiß, dass Maud gern zeichnet. Ich beobachte sie, während sie, meistens abends, an einem kleinen Tisch sitzt und zeichnet. Und ich liebe es, ihr beim Zeichnen zuzusehen. Das gehört zu den wenigen Gelegenheiten, bei denen sie nicht reißt und rupft. Die kleine Tischleuchte, die sie benutzt, wirft einen rötlichen Lichtschein auf ihre Haare. Wie Schamesröte sickert er ihr Gesicht hinab und in das Papier hinein, das vor ihr liegt. Es ist wie ein Sonnenwendritus, und sie ist die Hexe, die Zauber wirkt. Sie ist keine extravagante Künstlerin. Ihre Stifte (und sie benutzt viele) fliegen nie übers Papier, und nie klatscht sie mit angeberischer Geste Farbe darauf. Alles geschieht sehr sorgsam und präzise. Ihre Bewegungen sind klein; alles an ihr wirkt klein. Ich folge ihrem Strich, studiere die Zwischenräume aus Schatten, die ihre Finger und ihr Handgelenk werfen, und versuche mir vorzustellen, was sie so hingebungsvoll malt.

Vor dem Tag, an dem Mauds Zeichnungen öffentlich wurden, wäre mir nie in den Sinn gekommen, dass meine tizianrote Zauberin pornografische Bilder zeichnen könnte.

Maud hatte sie hinten in ein Buch gelegt, das sie in der Stadt gekauft und mit zur Schule genommen hat. Dieser spezielle Buchladen ist dafür bekannt, dass er Literatur vorrätig hat, die mit großer Sicherheit auf einem Infoblatt landet und auf extra anberaumten Sitzungen zwischen Elternschaft und Schulbehörde diskutiert wird. Mauds Buch trägt den Titel *Wie man Graphic Novels zeichnet.* Formell betrachtet hat sie gegen keinerlei Vorschrift verstoßen, da es sich nicht um eine Graphic Novel handelt. Es ist vielmehr ein Sachbuch. Aber die Schule interessierte sich nicht für Formalien, als sie ziemlich weit hinten in diesem Sachbuch eine Illustration entdeckte, die eine masturbierende Frau zeigte.

Es ist nicht mal gut gezeichnet. Ja, ich habe es mir angesehen. Das hat inzwischen jeder. Wenn dieser Skandal für eins gesorgt hat, dann dafür, dass *Wie man Graphic Novels zeichnet* in diesem kleinen Buchladen voller dunkler Ecken und schlecht gezeichneter Comics innerhalb von zwei Tagen ausverkauft war. Ich würde gern glauben, eine Art Solidarität wäre der Grund dafür gewesen, dass alle loszogen und sich dieses Buch kauften, aber ganz bestimmt wollten sie nur das Wichsbild sehen. So nannten es alle: das Wichsbild. Da das Buch eingeschweißt war, musste man es kaufen, um sich das Bild ansehen zu können. Aber ich bin sicher, dass die Ladeninhaber irgendwo ganz hinten auch Exemplare gefunden haben, die der Folie entkleidet und arg zerlesen waren.

Nach Mauds Verfehlung ging alles ganz schnell. Limo-Li wurde in die Schule zitiert. So schlimm der Besitz des Wichsbildes auch war, das größte Problem stellten am Ende Mauds eigene Zeichnungen dar. Alle möglichen Interessengruppen schalteten sich ein. Maud hat ungewollt die Haltung der Schule gegenüber Graphic Novels bestätigt, indem sie den Beweis für deren verderblichen Einfluss geliefert hat. Also hat die Schulbehörde einen Stapel Mitteilungen (in Farbe) finanziert, die in Windeseile sowohl in der Schule verteilt als auch nach Hause verschickt wurden und den Warnhinweis enthielten, dass der Besitz pornografischen Materials ab jetzt mit einem Schulverweis geahndet werde. Der Verein der Freunde & Förderer hat sich bei der Stadt dafür starkgemacht, dass Buchhandlungen, die anstößiges Material vertreiben (bisschen vage formuliert; eine Definition von ›anstößig‹ wurde nie verteilt), dieses außerhalb der Reichweite von Kindern aufbewahren sollen (wo man doch sehen kann, wie gut das bei Zigaretten funktioniert!). Der Beratungslehrer will Maud zweimal wöchentlich befragen, um zu ermitteln, mit welchem Grad von Verderbtheit man es zu tun hat, und zweifellos auch um herauszufinden, ob Medikamente helfen könnten. (Das mit den Medikamenten ist nur geraten, aber es wäre doch eine nette Geste, nicht wahr?) Der Fachbereich Englisch wurde angehalten, seine Schullektüren einer kritischen Überprüfung zu unterziehen, woraufhin einige Romane inklusive *Liebe* und *Ulysses* aus dem Lehrplan verschwanden. Es ist wirklich uferlos. Sämtliche Erwachsene an der Schule sind in eine Art Zensurhysterie verfallen.

Ich sehe am Abend, wie Limo-Li aus der Schule zurückkommt, nachdem sie ihn dort einbestellt hatten. Ich sehe, wie er jeden Stift und jedes Stück Papier aus

Mauds Zimmer holt, das er finden kann. Er spricht nicht mit ihr. Er schlägt sie nicht. Wer weiß, wie tief die Schmach war, die er in den Händen der Schulleitung erlitten hat. Ich kann nur hoffen, dass sie abgrundtief war, dass er in riesige Schluchten, in gähnende Schlünde sackschweißtreibender Schmach schauen musste. Das Einsammeln von Mauds Malutensilien dauert maximal fünf Minuten. Er geht so bedächtig und gefasst zu Werke, wie ich es bei ihm schon lange nicht mehr gesehen habe. Ich finde sogar, er sieht sehr traurig aus. Ist aber auch gut möglich, dass ich derjenige bin, der traurig ist. Ich bin mir nicht sicher.

Nachdem er ihr Zimmer verlassen hat, tritt Maud ans Regal und zieht die große prachtvolle Ausgabe von *Alice im Wunderland* heraus. Sie setzt sich an ihr kleines Tischchen und schlägt sie auf. Zuerst denke ich, sie liest, aber dann sehe ich, wie ihre Hand über die aufgeschlagene Seite gleitet. Ich kann kaum erkennen, womit sie zeichnet. Es sieht aus wie ein kleines schwarzes Stück Scheiße. Bitte lass es Zeichenkohle sein. Ihre Bewegungen sind schnell, ihre Finger wedeln und zappeln wie die Beine einer Tänzerin, zucken hierhin, wischen dahin, immer geschmeidig und flüssig. Die Präzision ist der Anmut gewichen.

Sie malt eine nackte, hingestreckte Frau mit leicht gespreizten Beinen. Die eine Hand liegt auf dem Bauch, die andere irgendwo darunter. Obwohl die Figur reglos daliegt, ist sie eine einzige Bewegung, und Vertiefungen voller Schatten vervollkommnen die Rundungen ihres Gesichts und ihrer Hüften. Sie hat ein volles Gesicht und geschwungene Hüften. Eine simple Zeichnung, und doch gefällig und schön. Und so auf die Titelseite jener sehr kostbar aussehenden *Alice im Wunderland* geworfen, dass die zierlichen, akkurat gemalten Füße sich über das Signet des Verlags unten auf der Seite erstrecken. Ich bin mir nicht sicher, aber ich glaube, es ist der Verlag Chatto & Windus.

Ihr fragt euch bestimmt, woher ich das alles weiß. Ich weiß es, weil Maud die sehr teure Titelseite herausreißt und so in ihr Fenster klebt, dass das Bild nach außen zeigt. Ich komme mit dem Fernglas aus der Deckung und stelle mich mitten ins Fenster, damit ich ihre Zeichnung besser anschauen kann, damit ich *sie* besser anschauen kann.

Und sie kann sehen, dass ich sie sehe.

9

Fens-ter-zur-See-le

Er beobachtet mich durch ein Fernglas. Er sieht mich von näher, als ich mich je gesehen habe. Manchmal setze ich mich so dicht wie möglich vor den Spiegel, betrachte den feinen Flaum in meinem Gesicht und die dunkel gewordenen Poren an meinen Brauen (kleine Krater, unter denen sich eingewachsene Haare verbergen) und denke daran, dass er das alles sehen kann. Trotzdem schaut er weiter her. Diese Nähe ist zugleich schrecklich und aufregend. Ich reiße, um ihr näherzukommen, Stück für Stück. Jeder kleine Schmerz eine Erlösung. Und wenn eine Stelle langsam taub wird, mache ich woanders weiter. Meine Augen werden kleiner und kleiner, bis ich so dicht vor dem Spiegel sitze, dass mein Atem sich auf mich legt und ich den Talg auf meiner Haut riechen kann.

Oma hat mir erzählt, die Augen seien das Fenster

zur Seele. *Fens-ter-zur-See-le.* Das ist ein Fünfer mit vielen hellen Vokalen, und bei der dritten Silbe sind die Lippen gespitzt wie beim Küssen. Sie hat gesagt, ich hätte schöne Augen. Mum sieht traurig aus, wenn sie mir in die Augen schaut. Ich vermute, sie sieht auch meine Seele. Creepys Augen kann ich hinter dem großen Fernglas nicht erkennen. Ich zeichne ihn, wie er es hält, aber ich male es von vorn; auf diese Weise werden die schwarzen Kreise zu Augen, die so groß sind, dass sie über den Rand seines bleichen Gesichts hinausragen. So groß wie schwarze Planeten.

Meine Augen werden bald so klein sein, dass meine Seele darin gefangen ist und nicht mal dieses große Fernglas mich noch finden kann. Also zeichne ich den einzigen Teil von mir, der noch lebendig und es wert ist, angeschaut zu werden. Den Teil, der Creepy gefällt.

Natürlich ist das auch der Teil, der mir so viel Ärger eingebracht hat. Ich habe nichts gefühlt, während ich ihnen zugehört habe und sie mich versaut nannten. Na ja, dieses Wort haben sie nicht benutzt. Aber ich wünschte, sie hätten es. Sie haben Wörter wie *unanständig* und *verdorben* und *pornografisch* benutzt. Ich hätte wohl etwas empfinden sollen, aber es war so, als würde ich von den Gefühlen der anderen aus dem Zimmer gepresst. Dads Verlegenheit war so groß wie ein Baum, der einen wissenden Schatten auf alle warf, wie es nur ein sehr alter, sehr großer Baum kann. Ich wollte so schnell wie möglich nach Hause, um diesen Baum zu malen. Mum konnte ich ansehen, dass ihr ein kleines bisschen übel war. Ihre Miene war unergründlich, aber ihre Hände waren zu Fäusten geballt und ihre schöne Bluse hatte dunkle Schweißflecke unter den Armen. Sie tat mir leid. Ich hätte ihr so gern gesagt, dass sie sich keine Sorgen zu machen braucht, aber weil ich ja weiß, dass sie das gern macht, konnte ich ihr nicht das Einzige wegnehmen, was sie fühlen kann.

Als wir nach Hause kommen, verpasst Dad als Erstes Sylvia, unserer Katze, einen solchen Tritt, dass sie quer über den Rasen fliegt, dann kommt er in mein Zimmer gestürmt und nimmt mir mein Papier und meine Stifte weg. Nur meine kleinen Kohlestummel übersieht er. Die verstecke ich immer in meinem Puppenhaus. Sie sind weich und sie glänzen wie Edelsteine. Ich nehme die Zeichenkohle und male meinen Baum-Dad. Er ist wild und beherrscht zugleich. So wie rasende Enttäuschung nun mal ist. Ich male gern mit Kohle, weil es dabei kein Zurück gibt, kein Ausradieren. Wenn du einen Fehler machst, reibst du nur mit deiner Fingerspitze daran herum, bis der Patzer zu einem flaumigen Schatten wird, der so aussieht, als sollte er da sein. Und deine Finger werden schwarz, als hättest du Erfrierungen. Ich frage mich: Wäre es nicht schön, wenn man auch im echten Leben Fehler einfach wegreiben und zu einem Teil des Hintergrunds machen könnte, der aussieht, als wäre er genau so gedacht gewesen?

Ich zeige Creepy die Zeichnung von meinem Baum-Dad nicht. Stattdessen male ich mich selbst. Für ihn.

Ich bin eine Enttäuschung. Meine Eltern lieben mich, aber sie sind enttäuscht. Das sehe ich daran, wie sie mich anschauen und einander. Und ich sehe es daran, wie Dad zu Sylvia ist. Ich versuche, nicht zu viel darüber nachzudenken. Ich rolle die kostbaren kleinen Kohlestummel in meinen warmen Fingern hin und her, und der Staub, der dabei auf das Bild von meinem Baum-Dad fällt, erinnert mich an sein Gesicht. Seine düstere, wandelbare Miene. Die Miene, die seinen ganzen Körper zu einem frustrierten Fragezeichen zusammenknautscht, bevor er Sylvia tritt; bevor er mir eine Ohrfeige verpasst und schreit: »Was hast du dir bloß dabei gedacht?« Ich antworte: »Denken hilft auch nicht«, und einen Moment lang glaube ich, er fängt an zu weinen. *Den-ken-hilft-auch-nicht. Den-ken-hilft-auch-nicht.*

Aber wer nicht denkt, hat auch keine Meinung, und wer keine Meinung hat, übernimmt einfach die der anderen. Das sagt Nancy, und genau das mache ich. Ich bin eine Chimäre. Ich war nur so kurze Zeit ich selbst, dass ich mich nicht mehr an mich erinnern kann. Das kleine Stückchen, das ich bin, wurde bei all den Veredelungsversuchen verschluckt; ich bin Rapunzels Turm hinter dem Dornengestrüpp. Ich übernehme immer die Gedanken, Überzeugungen und Eigenschaften von dem, dem ich am meisten gefallen möchte. Ich habe keine Persönlichkeit. Wirf ein, was du willst, und es wird zu mir werden, bis jemand Wichtigeres, Penetranteres kommt und dich verdrängt. Es erfordert eine Menge Arbeit und Energie, sich derart häufig und komplett anzupassen. Darwin persönlich würde ein Buch über mich schreiben. Für Darwin wäre ich ein Wunder, keine Enttäuschung.

Eigentlich kann ich mich nicht beschweren. Nancy ist in Ordnung. Ich möchte ihr gefallen. Ich habe schon angefangen mit dem Veredeln. Nancy hat schöne Haare und Zähne. Manchmal höre ich ihr überhaupt nicht zu; ich achte nur auf ihre Haare und Zähne. Das funktioniert. Wenn man jemand ins Gesicht guckt, denkt er, man wäre aufmerksam.

Am allerliebsten würde Nancy über *meine* Haare

und Zähne sprechen. Aber das kann ich nicht. Das ist zu intim. Sie weiß, dass ich meine Haare auch aufesse. An dem Tag, an dem sie Haare zwischen meinen Zähnen erspäht hat, hat sie mir Fäustlinge verpasst. Aber mit Fäustlingen kann ich nicht zeichnen. Wissen sie das denn nicht? Oder ist es ihnen egal? Wenn wir Besuch haben, werde ich neuerdings ständig mit imaginären Masern nach oben verbannt wie Tom Kitten. Ich trage die Fäustlinge ganz brav, weil Nancy sich darüber freut. Und Mum und Dad freuen sich ebenfalls. Manchmal ziehe ich sie allerdings auch aus, und das fühlt sich gut an, verboten. Wie die Prohibition oder es einem Jungen mit dem Mund zu machen.

Nancy redet schon davon, was man mit den Stellen machen kann, wo nichts mehr wächst. Manchmal sehe ich ein kleines Stirnrunzeln auf ihrem Gesicht (ein kleines Stirnrunzeln, das auch ihre Haare und Zähne erreicht), wenn sie eine Stelle erspäht, die frisch gerupft aussieht. Ich glaube, sie weiß, dass ich die Fäustlinge heimlich ausziehe. Die Heimlichkeit macht etwas, das schon gefährlich nah dran war, eine billige Angewohnheit zu werden, wieder zu einem richtigen Vergnügen. Aber Nancy sagt nichts. Mir fällt nur dieses kleine Stirnrunzeln auf und das Gerede über neue Frisuren, über Haarteile, Mützen und Kopftücher, als wäre ich eine Krebspatientin. Vielleicht bin ich das ja auch. Vielleicht ist das kleine Stückchen, das von mir noch da ist, der Krebs. Ich reiße, um es zu trösten, dieses kleine Ich. Sie ziehen mir Fäustlinge an, damit ich mit dem Reißen aufhöre. Aber ohne Trost wird der kleine Krebs, der mein Ich ist, verschrumpeln und sterben wie ein Baby mit Gedeihstörung, und dann ist das Werk vollendet.

Ich stehe all dem keineswegs gleichgültig gegenüber. Dad hat einen Rosenstock im Garten, an dem er schon mehrere Veredelungsversuche unternommen hat. Nur gehen die Pfröpflinge immer ein (Mum sagt, der Rosenstock sei in einer Ruhephase). Die Frau im Gartencenter meinte, wenn der Stock mit einer Gartenschere beschnitten würde, würde er absterben; er hätte eine genetische Anfälligkeit dafür. Es macht mich traurig, dass ich zurückgeschnitten werde, aber ich nehme an, es geht nicht anders. Ich fürchte nur, bis sie sich zum Turm durchgearbeitet haben, wird Rapunzel nicht mehr da sein. Nicht weil sie gerettet wurde, sondern weil sie verschrumpelt und gestorben ist.

Coda: Es gibt kein Zurück, kein Ausradieren.

10

Realität ist das, was nicht weggeht, nur weil man nicht mehr daran glaubt.

Philip K. Dick: Wie man ein Universum baut,
das nicht zwei Tage später auseinanderfällt (1978)

Ein weiser Mann hat einmal gesagt, er habe sich seine Bildung nie durch eine Schule verderben lassen. Sekunde, das war gar kein weiser Mann, das war Mark Twain. Also, ein Langweiler hat das gesagt. Früher habe ich geglaubt, die Schule wäre dazu da, dass man Wissen ansammelt. Das glaube ich schon lange nicht mehr, aber die Schule ist nicht weggegangen. Ergo ist die Schule eine Realität. Und die Realität wird grob überschätzt.

Ich glaube auch nicht mehr an die Liebe, meine Eltern, Gott, die von der Herzstiftung abgegebene Empfehlung für McDonald's oder an die Demokratie, und sie sind nicht weggegangen. Simple Realitäten. Simple Realitäten, die einem das Leben schwer machen. Und nicht weggehen. Meine einzige Hoffnung besteht darin, ihnen so weit wie möglich aus dem Weg zu gehen. Man sollte meinen, wenn man an etwas nicht mehr glaubt, würde es sich einfach verflüchtigen, in Luft auflösen. Ich meine nicht physisch, sondern ich meine die Erwartungen, die damit verbunden sind. Wenn man eine Fee zum Leben erwecken kann, indem man in die Hände klatscht, muss man doch verdammt noch mal auch Erwartungen zerstören können, indem man der Sache den Rücken kehrt, die diese Erwartungen geweckt hat. Aber ich habe festgestellt, dass, wenn der Glaube an etwas verschwindet, ein großes Loch an der Stelle zurückbleibt, wo dieses Etwas war; so wie wenn man einen Zahn gezogen bekommt. Ihr kennt das doch, wenn man nicht aufhören kann, mit der Zunge in der Wunde herumzupulen, obwohl das metallisch schmeckt und wehtut wie ein Schlag in die Magengrube, oder? So ergeht es mir mit der Liebe, Gott und all den großen Themen.

Maud ist mein metallisch schmeckender Schlag in die Magengrube. Schon bevor sie mir dieses Bild gemalt hat, bin ich davon ausgegangen, dass ich sie mit all der Liebe liebe, die ich habe (und das ist sehr viel Liebe – schließlich gibt es nicht noch jemanden oder etwas, das ich liebe). Aber dieses Bild hat alles verändert. Jetzt liebe ich sie bis zur Schmerzgrenze. Und habe plötzlich Verständnis für Owen Liddell und Mitgefühl mit ihm. Sein Glaube wurde von seinen Erwartungen überrollt. Armer Kerl.

An meiner Schule lehren sie den Glauben. Sie lehren den Glauben, als wäre er eine Realität. Eigentlich ist der Kurs gar nicht so schlecht. Er verlangt einem nicht allzu viel ab; man muss nicht denken. Tatsächlich wird man vom Denken sogar aktiv abgehalten. Das Fach heißt Religionswissenschaft, aber natürlich wird die Religion dort mitnichten einer wissenschaftlichen Betrachtung unterzogen. Was mir egal ist. Ich mag den Kurs. Maud kommt allerdings dauernd in Schwierigkeiten. Beispielsweise durch die hundert Worte, in denen sie kürzlich ihre Erfahrung mit Gott beschreiben sollte.

Das mussten wir alle machen. Und es waren die einfachsten hundert Worte, die ich je zu schreiben aufhatte. Wir wussten alle ganz genau, was von uns erwartet wurde. Aber Maud hat ein fast leeres Blatt abgegeben. In die oberste Zeile hatte sie »Meine Erfahrung mit Gott« als Überschrift hingeschrieben, der Rest blieb leer. Alle anderen hielten das für eine Verarschung. Ich hielt es für das Kreativste und Ehrlichste, was ich je gesehen habe. Und genau das war Mauds

Fehler. In Religion ist man nicht kreativ oder, schlimmer noch, ehrlich. Maud wurde natürlich bestraft, auch wenn das an unserer Schule nicht Strafe genannt wird, sondern »Gelegenheit zum Nachdenken«. Maud muss jetzt eine Woche lang jeden Tag in der Schulkapelle vor die Menge treten und die Lesung aus der Bibel halten. Sie hat eine dünne Stimme und muss ab und zu neu ansetzen, weil die Lehrer ganz hinten sie nicht verstehen können. Das ist wie eine Szene aus einem Brontë-Roman. Ich weiß nicht, wie es ihr damit geht. Ihre Miene ist unergründlich.

Unsere Kapelle ist sehr modern. Keine hohen Steingewölbe, die ein Echo zurückwerfen, kein polierter Holzboden und keine Fresken auf abblätterndem Putz. Keine Ahnung, ob das für die anderen genauso gilt, aber wenn ich in einer Kapelle eine gute Erfahrung machen soll, brauche ich wenigstens bunte Kirchenfenster, verdammt noch mal. Wir haben stattdessen grellweiße Wände mit Filzbehängen, auf denen Szenen aus der Bibel abgebildet sind. Und die sind noch nicht mal eingestickt, sondern aufgeklebt. Sie bestehen aus lauter knallbunten Filzteilen, die auf einen knallbunten Filzhintergrund geklebt sind. An einigen lösen sich bereits die Ränder ab wie bei so blöden Grundschul-Collagen. Eins von Paulus' Beinen ist tatsächlich abgefallen: ein Amputierter auf dem Weg nach Damaskus. Jesus und Lazarus sehen aus wie Figuren aus *South Park*. Und es gibt keinerlei Schatten oder dunkle Farben, in denen sich Gott verstecken könnte.

Natürlich haben wir auch einen Kaplan. Das einzige Mitglied des Lehrkörpers, das die Schüler anfassen darf. Was einigermaßen paradox ist, wenn ihr mich fragt. Mich hat er noch nie angefasst. Aber ich habe schon gesehen, wie er jemandem die Hand gehalten und dabei ein Gebet gesprochen hat. Der Kaplan pflegt eine sehr enge Zusammenarbeit mit dem Beratungslehrer. Ich frage mich, ob er Maud schon mal angefasst hat. Maud wird nicht gerne angefasst. Maud steckt lieber eine Tracht Prügel ein, als dass sie sich anfassen lässt.

Ich kenne nicht viele Menschen, die sich gern anfassen lassen, aber die meisten tolerieren es. Ich mag es auch nicht, aber irgendetwas in mir verdonnert mich dazu, es zu erdulden. Manieren? Das Gefühl, dass Widerstand gegen die Berührung nur für noch mehr Aufmerksamkeit sorgt? Oder sogar Schlimmeres als Aufmerksamkeit – prüfende Blicke womöglich? Mum fasst mich manchmal an. Wenn sie im Vorbeigehen mit der Hand über meinen Hinterkopf streicht, ist das wie ein Überfall. Dann muss ich die Zähne zusammenbeißen. Ich möchte »Zu spät!« rufen und Dobie Squires auf sie hetzen. Ich frage mich, ob ich auch so eine Wut verspüren werde, wenn andere mich berühren. Es ist eine Wut, die mich müde macht. Mum fasst mich an, um sich zu vergewissern, dass ich noch real vorhanden bin, und um mir mitzuteilen, dass auch sie real vorhanden ist. Glauben ist was anderes.

Ich sehe, wie Limo-Lionel über Mauds Wange streicht und Maud zu schreien anfängt. Er streckt seine Hand ganz langsam vor und berührt ihr Gesicht nur mit den Fingerspitzen. Sanft, zärtlich sogar. Aber sie schreit so laut los, dass ich das Fernglas fallen lasse. Als ich mich wieder erholt habe, steht sie noch immer in der gleichen Position, ihre Augen sind fest zugekniffen und ihr Gesicht ist zu einer harten Faust verzerrt. Limo-Li ist nicht mehr da. Als hätte er sich durch ihr Geschrei in Luft aufgelöst oder als wäre er in tausend Stücke zersplittert, die zu klein sind, als dass man sie sehen könnte. Maud ist ein brennender Dornbusch, ein Orakel. Ich denke: Das ist meine Wut, da drüben in ihrem Zimmer; sie lässt den Druck in meinen Augäpfeln ansteigen und flimmert in den Synapsen meines Gehirns. Mein Abscheu vor Berührungen in ihrem Körper. Ich weiß, dass ich das denke, weil ich es aufschreibe. Und ich frage mich, was passieren würde, wenn wir uns berühren würden. Würden wir uns gegenseitig abstoßen wie die gleichnamigen Pole zweier Magnete oder würde es einen Kurzschluss geben und wir würden uns zusammenrollen wie die Wirbel im Rückgrat einer schlafenden Katze? Maud öffnet ihre Augen nicht, auch als Limo-Lionel verschwunden ist. Sie hält sie eine Weile geschlossen. Ich kneife meine ebenfalls zu, damit ich dieselben Farben sehe wie sie.

11

[…] denn die einzigen Menschen sind für mich die Verrückten, die verrückt sind aufs Leben, verrückt aufs Reden, verrückt auf Erlösung, voll Gier auf alles zugleich, die Leute, die niemals gähnen oder alltägliche Dinge sagen, sondern brennen, brennen, brennen wie phantastische gelbe funkensprühende Feuerwerksvulkane und wie Feuerräder unter den Sternen explodieren.

Jack Kerouac: Unterwegs (1957)

Ich hielt meine Augen an dem Tag länger geschlossen als sie ihre. Ich hielt sie so lange geschlossen, dass Maud, als ich meine wieder aufschlug, auf ihrem Bett lag und meine Sicht auf sie durch diese unangenehme mangelnde Bildschärfe getrübt war, die davon kommt, dass man seine Augen hinter geschlossenen Lidern verdreht. Sie lag weitgehend in der gleichen Haltung wie die Figur auf ihrer Zeichnung, nur dass ich aus früheren Beobachtungen wusste, dass sie sich die Schamhaare ausriss. Und ich glaube, in diesem Moment dämmerte es mir. Sie hatte überhaupt kein Wichsbild gemalt. Sie hatte sich selbst gemalt, wie sie sich wehtat. Und da war es wieder. Dem Begreifen folgte der Gedanke: Eigentlich will ich das gar nicht wissen.

Kurz drauf haben wir angefangen uns zu unterhalten. Nicht auf gewöhnliche Weise. Nichts daran ist gewöhnlich. Es ist außergewöhnlich, so wie es sein soll. Damals erschien es mir auch nicht verrückt. Es erschien mir vollkommen logisch. Mehr als logisch. Es erschien mir natürlich. Aber jetzt ist mir klar, dass es ziemlich verrückt war und dass es auf keinen Fall anders gegangen wäre. Es fing damit an, dass ich eine Frage auf einen Zettel schrieb und ihn mit der Schrift nach außen in mein Fenster klebte. Die Frage lautete: *Warum hast du geschrien?*

Maud stand lange einfach da und betrachtete meine Frage. Dass sie nicht antworten könnte, wäre mir nie in den Sinn gekommen. Na ja, doch, aber nur für eine Sekunde. Und sobald sie ihre Brille aufsetzte, wusste ich, dass sie mitspielen würde. Dann passierte alles wie in Zeitlupe: Ich hörte, wie Dobie Squires irgendwo im Haus laut knurrte und Mum Dad zur Schnecke machte. Limo-Li stand in seinem Garten und warf abgeschnittene Hibiskus-Zweige über den Zaun aufs Dach unseres Schuppens. Die haarlose Katze sprang vor meinen Augen auf den Zaun, um dann in all ihrer Anmut und Nacktheit auf der anderen Seite herunterzuspringen. Und Maud hielt die Frontispiz-Seite von *Alice im Wunderland* mit ihrer Antwort ins Fenster. Es war wie unsere erste Berührung.

Und sehr enttäuschend. Ich erblickte eine schöne, leuchtend bunte Illustration. Alice schaute in einen voller Früchte hängenden Baum und sprach mit der Grinsekatze. Sie stand leicht vorgebeugt da, die Hände hinter dem Rücken; einen fragenden Ausdruck im Gesicht, die Lippen leicht geöffnet. Die Grinsekatze war dick und orange und flauschig. Maud hatte etwas in den Baum geschrieben, das ich aber nicht lesen konnte. Nicht mal mit dem Fernglas. Ich antwortete:

– *Dunkleren Stift nehmen! Kann nichts lesen*

Unsere erste Berührung. Wie verdammt romantisch. Das Blöde war, dass Limo-Li sich ja mit ihren ganzen Malutensilien davongemacht hatte. Ihr kurzer Kohlestummel war bis auf ein winziges Klümpchen aufgebraucht. Ich sah sie herumkramen und Schubladen auf- und zumachen, bis sie etwas fand, das ich auch auf *Alice* würde erkennen können. Lila Lippenstift. Sie schrieb in schiefen Druckbuchstaben:

– BESSER?

Ich reckte deutlich sichtbar die Daumen hoch und bereute es sofort. Daumen hoch: das war so typisch Merrill. Dann hielt ich meine ursprüngliche Frage wieder ins Fenster.

– *Warum hast du geschrien?*

– WEIL ES MICH RASEND MACHT

– *Was macht dich rasend?*

– NICHTS. ALLES

– *Rasend wütend? Rasend traurig? Rasend hysterisch?*

– ALLES ZUGLEICH

– *Ich mag Raserei*

– WARUM?

– *Ist so lebendig*

– ICH BIN NICHT LEBENDIG

– *Doch bist du*

Jedes dieser Lippenstift-Kommuniqués hatte einen Abdruck auf ihrer Fensterscheibe hinterlassen. Ihre eigenen Worte in Spiegelschrift. Ungleichmäßige, verschmierte lila Hieroglyphen. Maud beugte sich vor und rieb die Spuren mit dem Daumen weg. Zurück blieben lauter hauchfeine Schlieren. Es sah aus, als wären Dutzende winzige geflügelte Kreaturen zu

Observationszwecken von außen an die Scheibe geheftet worden. Ich schrieb:

– *Glasrein*

Und sie reckte die Daumen hoch.

Mein *Collins Australian Dictionary (mit Internetlinks und CD-ROM)* definiert »rasen« als »sich sehr schnell fortbewegen; sich heftig bewegen; sich wild oder wie wahnsinnig gebärden; von Sinnen sein; toben; außer sich sein; sehr wütend sein«. Sie beschreibt also mich. Indem alles sie rasend macht, streift Maud mich über wie ein Kleidungsstück oder trägt mich auf wie lila Lippenstift. Sie ist etwas, das ich getrunken habe wie Alice' Zaubertrank und das sie kleiner und kleiner macht, bis sie nur noch ein winziger Puls in meinem Magen ist, ein Flimmern in der Lunge. Ich bin auf ihr und sie ist in mir. Es fühlt sich gut an.

In der darauffolgenden Woche sehen wir uns in der Schule. Wir sprechen nicht miteinander. Selbstverständlich nicht. Sie schaut mich nicht an, solange ich sie anschaue, so dass ich nur vermuten kann, dass sie mich anschaut, wenn ich den Blick abwende. Diese Heimlichkeit ist spannend. Und sie ist notwendig. Das ist schließlich nicht unser Ort. Wir haben unseren eigenen Ort, den Raum zwischen zwei Fenstern.

12

Down with the Sickness

Disturbed (2000)

Meine Unterhaltungen mit Maud dauern gewöhnlich so lange, wie ihr Lippenstift hält. Für jemanden, der nie Lippenstift trägt, hat sie eine ganz schöne Sammlung. Sie sagt, ihre Mum schenkt ihr immer Schminksachen zum Geburtstag. Sie sagt, ihre Mum kauft Geburtstagsgeschenke für die Tochter, die in ihrem Kopf wohnt, statt für die, die unter ihrem Dach wohnt.

– *Sag ihr, sie soll dir das nächste Mal Geld schenken*

– MUM SAGT SO MACHT IHR DAS SCHENKEN KEINEN SPASS

– *Mist, da ist was dran*

– HAB GELD VON OMA BEKOMMEN UND DAMIT DAS HIER GEMACHT

Dann hebt Maud ihr T-Shirt hoch und zeigt mir ihr

Bauchnabel-Piercing. Ich habe es schon mal gesehen, aber nicht so deutlich. Und nicht mit dieser ausdrücklichen Zustimmung. Sie zieht ihr T-Shirt schnell und energisch hoch, wie ein Exhibitionist, und hält es gerafft auf der Höhe direkt unterhalb ihrer Brüste. Ihr Bauch ist weißer, als ich dachte, und sieht sehr weich aus. Während meiner eingesunken aussieht, steht ihrer ein kleines bisschen vor, eine kleine runde Wölbung, die in ihren Shorts verschwindet. Dieser Bauch ist das Schönste, was ich je gesehen habe. Mauds Bauchnabel ist an der unteren Hautfalte gepierct. Mit einem goldenen Sleeper Ring.

– *Hübsch. Stört der nicht manchmal?*

– BEI WAS?

– *Einfach so*

– WILLST DU MAL ANFASSEN?

– *Nein*

– LÜGNER

Kann schon sein, dass ich lüge. Ich bin mir nicht sicher. »Nein« zu sagen erscheint mir nur höflich, aber ich schätze, wenn ich bei ihr im Zimmer wäre und sie diese Frage gestellt hätte, würde ich vielleicht mal anfassen. Ich frage mich, ob sich der Ring warm anfühlt. Ich frage mich, ob ihre Körperwärme durch das Gold hindurchgeleitet wird wie elektrischer Strom.

Ich war selbst noch nie scharf auf Piercings. Ich habe zwar schon mal überlegt, mir ein Ohrloch stechen zu lassen, aber ich weiß nicht genau, wie da die Etikette ist. Ich habe mal gehört, eine von den beiden Seiten sei für Schwule reserviert. Wenn man da einen Ohrring trägt, gibt man ein Statement zu seiner Sexualität ab. Nicht dass am Schwulsein irgendwas schlecht wäre. Jedem Tierchen sein Pläsierchen. Ich möchte nur kein falsches Statement darüber abgeben, was mein Pläsierchen ist. Um Verwechslungen vorzubeugen, könnte ich ja beide Seiten nehmen, aber das kommt mir doch irgendwie arg piratenmäßig vor. Die einzigen anderen Stellen, die uns Jungs bleiben, sind die Augenbrauen und die Zunge, es sei denn, man will weiter nach Süden gehen. Ich frage mich, ob Piraten auch südlich des Äquators gepierct sind, und es erscheint mir durchaus wahrscheinlich.

Maud befingert den Ring und zieht ein bisschen daran. Ich muss die Augen zusammenkneifen. Jetzt rollt sie ihr T-Shirt wieder runter, beugt sich vor und stützt die Hände auf die Fensterbank. Ich greife zu meinem Fernglas. Sie schaut nicht in meine Richtung, sondern nach unten. Vielleicht auf ihre Handrücken? Dann nimmt sie dieselbe Frage noch mal und klatscht sie, ohne sie oder mich anzusehen, wieder an ihre Scheibe.

– WILLST DU MAL ANFASSEN?

Ich kann mich nicht entscheiden, ob sie die Frage aus Enttäuschung wiederholt oder um mich zu provozieren. Oder beides. Ich weiß nur, dass ich mich unbehaglich dabei fühle. Wegen der Art, wie Maud an der Fensterscheibe lehnt; ihre Schultern sind nach vorn geschoben, als würde ihr etwas Spitzes in die Brust stechen, und ihr Gesicht ist hinter einem Zelt aus Haaren verborgen. Ich möchte ihre Augen sehen. Ich muss ihre Augen sehen, damit ich weiß, was ich ihr antworten soll. Was, wenn ich nicht so antworte, wie sie es gern hätte? Was, wenn ich gar nicht antworte? Ist das unsere erste kommunikative Sackgasse? Wird diese Frage jetzt immer wieder von neuem auftauchen wie das nicht aufgegessene Abendessen, das meine Mutter mir so lange immer wieder vorsetzen wollte, bis der Teller leer war? (Ich war sieben und es gab Kutteln, Herrgott noch mal!) Ist diese Frage also Mauds Kuttelgericht?

Irgendwann stößt Maud sich vom Fenster ab und die Frage rutscht an der Scheibe herunter und hinter den kleinen Tisch. Maud geht zu dem tragbaren CD-Player, der neben ihrem Bett auf dem Boden steht, und lässt Disturbed laufen. Und ich gebe ihr nach. Ich halte das Fernglas mit einer Hand, während ich mit der anderen meine Antwort schreibe, und drücke den Zettel anschließend an die Scheibe. Noch nie hat sich das Fernglas schwerer angefühlt. Mein Handgelenk zittert. Maud kommt zurück zum Fenster und setzt ihre Brille auf.

Sie steht einfach nur da und guckt. Dann zieht sie ihre Vorhänge zu und schließt mich aus.

Ich wusste nicht mal, dass sie Vorhänge hat. Zudem sind sie falsch herum aufgehängt. Das Muster auf dem Vorhang soll doch ins Zimmer zeigen, oder? Ihres zeigt aber nach außen. Also sieht sie, wenn sie die Vorhänge zuzieht, die falsche Seite des Stoffes. Vielleicht ist das der Grund, warum sie sie sonst nie schließt. Sie sind knallgelb, so gelb, dass man Kopfschmerzen davon bekommt, und es sind lauter kleine blaue *Thomas, die kleine Lokomotive*-Lokomotiven daraufgedruckt. Wenn ich es mir recht überlege, ist das wohl der Grund, warum sie sie falsch herum aufgehängt hat.

Anfangs steigt ein winziges Bläschen Traurigkeit in mir auf – besorgte Traurigkeit, tiefe Traurigkeit. Aber es hält sich nicht lange. Wisst ihr, wo es hinwandert? Es steigt mir in die Kehle, wo es wie Kutteln schmeckt, und rutscht dann als brodelnder Zorn zurück in meinen Bauch. Mir kommt der Gedanke, dass es, was diese Kuttelfrage angeht, gar keine richtige Antwort geben kann – ganz gleich, ob du sie isst oder nicht; durch dein anfängliches Zögern stehst du schon schlecht da. Ich hatte geschrieben:

– *Ja, ich möchte mal anfassen*

13

Wie viele gefräßige Genießer würden sich inmitten solch einer Vielzahl von Köstlichkeiten, wie ich sie gerade trage, glücklich schätzen! Doch ich fresse diese bittere, stachelige Distel mit größerem Genuss und Behagen als die exquisitesten und opulentesten Festmähler. Lasst andere essen, was sie wollen, aber mir gebt vor allem anderen eine feine saftige Distel wie diese und ich werde zufrieden sein.

Aesop: Der Esel, der Disteln frisst

Wir hatten vor einer ganzen Weile mal eine Katze, die Flecki hieß. Flecki. Mit dem Namen war sie von vornherein dem Untergang geweiht. Ich glaube ja, dass die Namen, die wir unseren Haustieren geben, eindeutige Rückschlüsse darauf erlauben, wie stark unsere Bindung an sie ist. Das nackte Ding von nebenan heißt Sylvia. Diese Katze wird ganz offensichtlich geliebt. Am anderen Ende der Straße gibt es einen Hund namens Antoine. Das ist ein Name, auf dem dick und fett Kind-Ersatz draufsteht. Und dann ist da natürlich noch unser Dobie Squires (dessen Name den Vorbesitzer adelt). Der beste Name, der Mum für unsere Katze eingefallen ist, war aber nun mal Flecki. Viel Hirnschmalz ist da nicht reingeflossen. Flecki ist ein Name, den man einer Katze gibt, die man eigentlich für entbehrlich erachtet. Einer Katze, für die es, sollte sie mal zu Brei gefahren werden, schon einen Ersatz gibt, wenn die Kinder aus der Schule kommen; ohne dass man das kommentieren muss. Die Hälfte aller Katzen in unserer Straße heißt Flecki. Wenn Mum unsere abends rief, kamen sie alle angerannt. Wie in dem Film *Die Vögel*, nur mit Katzen.

Flecki wurde alt und dünn und blind. Schließlich fing sie an, immer im Kreis zu laufen und mitten in der Nacht laut zu jammern. Irgendwann war ich so weit, dass ich sie am liebsten mit einem Stein erschlagen hätte, um sie von ihrem Leiden zu erlösen. Das muss sie gespürt haben, denn sie begann sich von mir fernzuhalten. Dann fanden wir sie eines Tages unter dem Sofa; sie lag ganz steif da und hat gezuckt. Mum stimmte sofort ein furchtbares Wehgeschrei an, was umso merkwürdiger war, weil es ja nur um eine Flecki ging. Dobie Squires missdeutete ihre erhobene Stimme als sein Stichwort (er hatte damals bereits angefangen zu improvisieren) und ging auf Mum los. Darauf packte Dad Dobie Squires bei den Hinterläufen und zerrte ihn in die Küche, was zu noch mehr Geschrei führte, weil Mum da gerade hinwollte, um sich ein winziges Schlückchen zu genehmigen. Und ich zog Flecki unter dem Sofa hervor, um mir den Todeskampf anzusehen.

Man nennt das postmortale Zuckungen. Ich habe mal was darüber gelesen; irgendwie ging es dabei um Kalziumionen und Motorproteine. Wären die trüben Pupillen und die Blasenentleerung nicht gewesen, hätte Flecki auch einfach mitten in einem ihrer unruhigen Träume sein können. Irgendwann holte Merrill ein Handtuch und wickelte sie darin ein. Und Mum bekam ihre eigene Abart postmortaler Zuckungen, während sie Dad heulend und hicksend Anweisungen erteilte. Sie war unbeirrbar. Flecki durfte auf keinen Fall im Garten begraben werden, sondern sollte zwecks Einäscherung in die nächstgelegene Tierarztpraxis gebracht werden. Dad regte sich lautstark über die Kosten auf, die dabei entstehen würden, wo er doch draußen so eine wunderbare Schaufel hätte, aber zu dem Zeitpunkt war Mum schon nah an der Hysterie. Ich glaube, da fiel dann bei mir der Groschen.

Das war keine Trauer. Das war Angst. Angst, die sich in Wut verwandelte. Mum interessierte sich einen feuchten Dreck für Flecki. Es war ihr nur unheimlich, dass sie ein totes Tier im Haus hatte, und das machte sie wütend. Wo sie ja nicht mal ein totes Tier in ihrem Garten haben wollte. Dad hat Flecki irgendwann ins Auto getragen und ist weggefahren. Ich hab aber gesehen, wie er vorher die Schaufel in den Kofferraum geworfen hat.

Die Vorhänge vor Mauds Fenster blieben ungefähr eine Woche lang geschlossen. Manchmal, bei guten Lichtverhältnissen, konnte ich sie dahinter herumlaufen sehen. Und ich konnte ihre Musik hören. Hin und wieder habe ich sie in der Schule gesehen. Ich habe lange über Kutteln nachgedacht und überlegt, ob ich die Titelmelodie von *Thomas, die kleine Lokomotive* summen sollte. Bei alldem fand ich heraus, wie eng Liebe, Trauer und Wut zusammenhängen. Ich habe angefangen *Am grünen Rand der Welt* zu lesen, bin dann aber, weil ich mich nicht konzentrieren konnte, zu Aesop umgeschwenkt. Und heute Morgen sind die Vorhänge dann plötzlich offen. Einfach so. Ich überlege noch, ob ich sie ignorieren soll, als mir auffällt, dass ich das Fernglas schon in der Hand halte. Ich entdecke eine Nachricht an Mauds Fenster. Sie ist inzwischen bei den richtigen Textseiten von *Alice* angekommen. Auf dem Blatt steht:

– OMA IST TOT

Ich kann nichts dafür, aber das Einzige, was mir sofort in den Sinn kommt, ist Flecki. Das Einzige, woran ich denken kann, sind postmortale Zuckungen, und mir ist zum Lachen zu Mute. Ich sehe Mauds Oma steif und zuckend unter einem Sofa liegen und sich in die Hose machen. Psychologen würden sagen, dass meine große Besorgnis darüber, dass der Mensch, den ich liebe, einen nahen Verwandten verloren hat, einen Schutzmechanismus bei mir in Gang setzt. Um meine eigene Verwundbarkeit klein zu halten, springt mein Hirn automatisch in einen Modus, der mir den Zugang zu meinem Mitleid versperrt und mich davor bewahrt, den Schmerz nachvollziehen zu müssen, den der von mir geliebte Mensch empfindet. Ich weiß, dass sie das sagen würden, weil ich es irgendwo gelesen habe. Ich habe mich nämlich mal mit dem Phänomen des Lachens und der Heiterkeit auf Beerdigungen beschäftigt. Einer lacht doch immer, oder? Bei Mrs Greens Begräbnis war es Mum.

Mrs Green war die Inhaberin des hiesigen Feinkostgeschäfts. Eines schrecklichen kleinen Ladens, der nie sauber war und bei dem man immer darauf achten musste, ob Milch und Käse nicht schon abgelaufen waren. Alle kannten Mrs Green. Eines Tages, während sie Zunge in Papier einwickelte, ist sie ausgerutscht und hat sich beim Hinfallen den Kopf an der Wurstschneidemaschine angeschlagen. Das war aber nicht die Todesursache. Sie hatte offenbar einen Herzinfarkt. Ein paar Kinder fanden sie auf dem Boden hinter dem Tresen; die Zunge klemmte unter ihrem Kinn.

Die meisten Leute aus unserer Straße gingen zur Beerdigung. Mrs Green hatte nicht viel Familie. Ich weiß noch, dass ich damals fand, derjenige, der die Zunge bestellt hatte, müsste eigentlich mindestens die Hälfte der Kosten übernehmen. Und während ich noch über diese Zunge nachdachte, spürte ich plötzlich, wie Mum vibrierte. Zuerst dachte ich, sie weint. Ihre Schultern bebten ein wenig, und ihr Atem ging kurz und schnell. Dann hörte ich das Kichern.

Menschen auf einer Beerdigung finden ein Kichern ebenso empörend wie einen Furz. Das Dumme war, dass Mum sich gar nicht mehr einkriegen konnte. Sie saß da und versuchte mühsam, ihr Gekicher zu unterdrücken, was allerdings nur zu Kicher-Unterdrückungs-Prustern führte. Als die Leute anfingen zu gucken, hat Dad sich rübergelehnt und ihr »Sei still, zum Teufel!« zugezischt, was es irgendwie nur noch schlimmer machte. Ich war völlig fasziniert von der ganzen Sache, weil dies bis zum heutigen Tag einer der sehr wenigen Momente war, an denen ich meine Mutter lachen gesehen habe. Unsere Familie wurde daraufhin nicht zur Weihnachtsparty eingeladen, die alljährlich im Haus von Antoine stattfindet. Ich glaube, ich war der Einzige, der an jenem Tag Mitleid mit Mum hatte. Der Tod hat schließlich auch etwas Komisches. Oder nicht?

Da ist Maud also wieder. Sie steht am Fenster und lässt mich wissen, dass ihre Oma gestorben ist. Exponiert sich. Kommt hinter Thomas, der kleinen Lokomotive, hervor, um mir etwas mitzuteilen. Etwas, von dem ich annehme, dass es sie schmerzt. Und was tue ich? Ich schalte automatisch auf Flecki, postmortale Zuckungen und Zunge um, und bevor ich weiß, wie mir geschieht, spüre ich, wie meine Schultern beben und mein Gesicht zuckt, und ich lache. Ich lache sehr. Das ist kein leises Gekicher. Kein bloßes Schmunzeln, das man aus der Ferne als mitfühlendes Verziehen des Gesichts missdeuten könnte. Ich lache mir einen verdammten Ast und kann gar nicht mehr aufhören. Maud schaut mir einfach nur zu, mit ausdrucksloser Miene, und reißt sich Haare aus.

14

Ich hab nicht nur keinen Schimmer, was los ist,
ich hätte auch keinen Schimmer, was ich tun sollte,
wenn ich einen Schimmer hätte.

George Carlin

Alle Mädchen an der Schule tragen Pandora-Armbänder. Oder die billigeren Imitate. Diese Armbänder sind die neueste Manie und haben anderen Dingen wie Gewalt oder Essstörungen den Rang abgelaufen. Man sieht die Mädchen in der Mittagspause in Grüppchen zusammensitzen, ihre Handgelenke vorstrecken und sich gegenseitig die Armbänder streicheln, während sie die Köpfe kokett schief legen und wollüstige Laute ausstoßen. Ich weiß das alles, weil ich sie beobachte. Ich ging auf dem Schulhof gerade hinter Caitlin Cooper (wäre ein guter Name für ein geliebtes und verwöhntes Haustier), als ihr Pandora-Armband riss. Ohne Vorwarnung purzelten ungefähr ein Dutzend

Perlen und Glücksbringer *ping, ping, ping* auf den Betonboden und hüpften in alle Richtungen davon. Caitlin heulte laut auf und ihre gesamte Entourage ließ sich auf den Boden fallen, als würde sie sich vor einer Gewehrsalve ducken. Die Mädchen krochen auf allen vieren über den Boden, um die Schmuckteile zu retten, und brüllten etwaige sich nähernde Passanten an, sie sollten stehen bleiben. Man hätte den Eindruck gewinnen können, es wären kleine Stücke von Caitlin selbst abgebrochen und weggekullert. Ein winzig kleiner goldener Anhänger in Apfelform, inklusive Mini-Stiel und -Blättchen, rollte unmittelbar vor meinem Fuß aus. Ich hob ihn auf, steckte ihn ein und ging weiter.

Die Sache ist nämlich die: Es handelte sich tatsächlich um kleine Teile, die von Caitlin abgebröckelt waren. Denn diese Armbandanhänger besitzen offenkundig Symbolcharakter. Der kleine Apfel? Caitlin möchte eines Tages Lehrerin werden, daher das Symbol für Weisheit und Wissen. Versteht ihr? Apfel gleich Lehrerin. Ist das nicht derart affektiert, dass man einfach nur kotzen möchte? Übrigens sind die Mädchen heute wieder da; sie suchen immer noch nach dem goldenen Äpfelchen.

C. G. Jung glaubt, dass Symbole für die Dinge stehen, die nicht eindeutig ausgedrückt werden können. Wenn wir so besorgt darum sind, die Teile von uns zu schützen, die jederzeit abbröckeln und wegrollen können, ist es nur logisch, dass wir uns Symbole schaffen. Für andere und für uns selbst. Tragen wir also symbolisch unsere geheimen Wünsche und Ziele zur Schau? Wie ein Affe, der seinen roten Arsch präsentiert, wenn er Lust auf ein Date hat? Das wirft natürlich eine noch interessantere Frage auf. Wenn etwas nicht eindeutig ausgedrückt werden kann, wie weist man ihm dann ein Symbol zu? Ist seine grundsätzliche Unklarheit nicht schon ein Symbol für sich?

Darüber denke ich nach, während ich den kleinen goldenen Apfel in meiner Hand herumrollen lasse. Ich halte es für sehr gut möglich, dass C. G. Jung einfach nur Blödsinn erzählt hat. Allerdings kann man nicht leugnen, dass wir Menschen eine phlegmatische Bande sind. Da man uns von Geburt an aktiv an der Selbsterkundung hindert, leuchtet es doch absolut ein, dass wir irgendwann zu Tattoos, lauten Autos mit großen Auspuffrohren, Pandora-Armbändern oder Busen-OPs greifen, um unser Ich abzustecken. Und warum auch nicht? Ehrlichkeit ist immer relativ.

Nach unserer letzten Interaktion habe ich eigentlich erwartet, dass Maud die *Thomas, die kleine Lokomotive*-Vorhänge energisch wieder zuziehen würde. Dass ich über sie gelacht habe, tut mir leid. Oder habe ich über ihre Oma gelacht? Oder über Flecki oder Mrs Greens Zunge? Oder ist das alles das Gleiche, was noch verstörender wäre? Als Maud das nächste Mal ans Fenster kommt, kann ich zuerst gar nicht ausmachen, was an ihr anders ist, nicht mal mit dem Fernglas. Sie hält sich krumm und sieht irgendwie schmutzig aus. So als hätte sie seit Tagen nicht geduscht. (Wahrscheinlich hat sie sich mitten in der Nacht hinter dem Puppenhaus getröstet.) Es sind ihre Haare, die anders aussehen. Irgendwie vollgekleistert und verfilzt. Ich bin mir nicht sicher, was ich da präsentiert bekomme, bis sie ein Papiertuch nimmt, ihre Schläfe damit betupft und es dann ins Fenster hält.

Das Papiertaschentuch ist blutrot. Das in ihren Haaren ist Blut.

Sie hat das Papiertaschentuch zeltartig um die Spitze ihres Zeigefingers gelegt. Sie sieht aus wie ein Pilger bei einer Exekution; eine Gläubige aus den begeisterten Massen, die ihre Taschentücher in das vergossene Blut eines enthaupteten Heiligen tauchen. Na, wenn das kein Symbol ist. Sie sieht absolut friedlich aus. Zuerst ekle ich mich etwas; ich fühle mich, als würde sie mir ein Tuch zeigen, mit dem sie in der Nase gepopelt hat. Aber nur im ersten Moment. Denn dann kommt mir der Gedanke, dass ich das bewirkt habe. Mein Lachen hat sie dazu verleitet. Ich habe sie dazu gebracht, sich so viele Haare auszureißen, bis sie blutete. Und angesichts der Tatsache, dass Trichotillomanie ein lustvoller Akt ist, kann ich daraus nur schließen, dass mein Lachen oder ihre Interpretation desselben ihr viel Lust verschafft hat. Plötzlich bekomme ich große Sehnsucht nach der Kuttelfrage. Ich würde sie so unglaublich gern noch einmal beantworten, dass mir die Haut kribbelt. Ich möchte, dass Maud unter den kleinen Tisch vor ihrem Fenster krabbelt, diese Seite aus *Alice im Wunderland* aufhebt und sie noch mal an die kühle Scheibe drückt, nur ein einziges Mal noch, und ich möchte flüstern: *Ja, ich möchte mal anfassen!*

In dieser Nacht beschließe ich zwei Dinge. Erstens, dass ich versuchen will, mir selbst Haare auszureißen. Versteht mich nicht falsch – ich möchte nicht mit kahlen oder blutenden Stellen enden und ich habe auch nicht die Absicht, mir in die Unterhose zu greifen. Zumindest nicht dafür. Ich möchte nur wissen, wie es sich anfühlt. Ich möchte wissen, was Maud empfindet, wenn sie es macht. Es gibt nichts, was einer Berührung mit ihr näherkäme.

Also setze ich mich auf die Bettkante und wickle ein paar Haarsträhnen um meinen Zeigefinger. Ich habe noch nie ernsthaft darüber nachgedacht, wie fest so ein Haarbalg ist. Wenn man den richtigen Druck ausübt, schneidet er wie Draht in die Haut ein. Ich ziehe sehr sanft daran. Zuerst juckt meine Kopfhaut etwas, und als ich fester ziehe, fängt sie an zu brennen. Es ist ungewohnt, aber nicht richtig unangenehm. Ich versuche die Zugkraft in verschiedenen Intervallen zu steigern und zu verringern und stelle fest, dass ein kleiner Nervenstrom an den Sensoren in meinem Nacken und an der Halswirbelsäule zwickt. Mir treten unwillkürlich Tränen in die Augen. Wenn ich gleichmäßig weiterziehe, rutschen die Wurzeln dann aus der Kopfhaut oder brechen die Haare einfach ab? Wahrscheinlich brechen sie ab. Aber dieses Abbrechen scheint mir nicht der wahre Jakob zu sein. Besser ein kräftiger Ruck. Ich hole tief Luft und reiße mir, während des Ausatmens, ein Büschel Haare aus, das, wie sich herausstellt, aus ungefähr einem Dutzend Strähnen besteht. Verdammt, bin ich bescheuert.

Es tut höllisch weh. Wisst ihr, wie viele Haare »ein paar Strähnen« sind? Das klingt nicht viel, aber es fühlt sich an, als wären meine Haare mit einem Löffel herausgeschabt worden. Ich heule laut auf. Keine Ahnung, was ich geschrien habe, aber Merrill klopft an die Zimmertür und sagt, ich soll Ruhe geben. Ich bin sehr, sehr froh, dass ich diesen Selbstversuch unternommen habe. Immerhin bestätigt er mir, dass Empathie die schlimmste Form von Wahnsinn ist.

Der andere Beschluss, den ich in dieser Nacht gefasst habe, ist, dass ich zur Beerdigung von Mauds Oma gehe. Ich bin mir ziemlich sicher, dass man für so was keine Einladung braucht. Friedhöfe sind schließlich öffentliche Orte. Wenn sie sich für die Verbrennungsvariante entschieden haben, bin ich allerdings verratzt. Mrs Green wurde eingeäschert. Da kann man sich nirgendwo verstecken. Man versammelt sich in einem kleinen Raum mit Musikberieselung und die Leiche wird weggeschafft, während die Gäste ein Tässchen Tee trinken und ein Sandwich essen. Ein Fremder (oder ein lachender Nachbar) fällt in dieser Umgebung auf wie ein bunter Hund. Ich muss also einfach auf eine normale Beerdigung hoffen. Auf eine Beerdigung auf einem Hügel mit immergrünen Büschen und unter stahlgrauem Himmel mit lauter trüben Wolken, durch die sich ein einzelner feiner Sonnenstrahl bohrt, um sich auf die kupferfarbenen Locken meiner mit geneigtem Haupt dastehenden Maud zu legen. Sie lässt traurig die Schultern hängen. Ihre kleinen weißen Hände umklammern ein besticktes Taschentuch. Ja, eine Beerdigung soll es sein.

15

Besser ist es, eine Chance zu ergreifen, wie sie sich bietet, und Mittel und Wege zu finden, sich ihr anzupassen, statt einen guten Plan reifen zu lassen und auf eine Gelegenheit zu warten, ihn in die Tat umzusetzen.

Thomas Hardy: Am grünen Rand der Welt (1874)

Sie trägt natürlich einen Hut an diesem Tag, um ihre Sünden zu verbergen, und das Wetter ist die reinste Pleite. Na toll. Mäßiger Südostwind, der gegen Mittag auf Süd bis Südwest dreht und am Nachmittag auffrischt. Auch der Friedhof ist eine ziemliche Enttäuschung. Mehr Plastikblumen als Bäume. Und das bisschen Grün, das es dort gibt, sieht einigermaßen mitgenommen aus. Dabei hätte ich gedacht, die Pflanzenwelt auf Friedhöfen wäre üppig, vielfältig und sattgrün, nicht zuletzt deshalb, weil die Wurzeln all die schönen Verwesungsprodukte anzapfen können. Ich muss aufhören, meine Informationen über diese Dinge aus der Literatur des neunzehnten Jahrhunderts zu beziehen.

Herauszufinden, wann und wo alles stattfindet, war nicht weiter schwer. Ich habe Maud nicht gefragt. Obwohl ich es in Betracht gezogen und die Frage sogar schon auf einen Zettel geschrieben hatte. Aber dann habe ich es doch gelassen. Ich mache mir nichts vor: Das zwischen uns ist keine Beziehung, es ist Liebe. Deshalb hätte Maud meinen Wunsch, dabei zu sein, durchaus seltsam finden können. Aber vor allem wollte ich nicht, dass sie mir hinzugehen verbietet und/oder dass sie ihre Vorhänge wieder zuzieht. Schließlich geht es hier nicht um sie.

Ich wusste, dass Todesanzeigen und Bestattungstermine in der Zeitung abgedruckt werden, weil das der einzige Teil der Zeitung ist, den Mum liest. Todesanzeigen, Bestattungen und das Fernsehprogramm. Dad wirft Mum zwar gern vor, sie sei morbide, aber wenn sie dann Namen von Leuten vorliest, die sie beide kennen oder die ihnen bekannt vorkommen, hört er verdächtig interessiert zu. (»Hatten wir nicht eine Carol Jenkins in der Klasse? Das Alter könnte ungefähr hinkommen.«) Auch stellen die beiden gern Spekulationen über die näheren Todesumstände an, vor allem wenn jemand unerwartet verstorben ist.

Mum mag besonders die Annoncen, auf denen Dinge wie »plötzlich und unerwartet« oder »mitten aus dem Leben gerissen« stehen. (»So jung – was glaubst du, Merrill? Krankheit oder Unfall?«) Wirklich allerliebst, wie traut sie sind, wenn es um Todesanzeigen geht. Trotz seines polternden Auftretens und seiner selbstgefälligen Art kann Merrill ziemlich charmant sein, wenn er über den Tod philosophiert. Der Hund sitzt allerdings immer zu seinen Füßen unter dem Tisch.

Ich habe, nachdem Maud mir Bescheid gegeben hatte, jeden Tag die Zeitung durchgesehen. Der Bestattungstermin stand zwei Tage später drin, zusammen mit der Todesanzeige. Da ich vorher nie Todesanzeigen gelesen hatte, war mir gar nicht klar gewesen, wie wenig man daraus über einen Menschen ableiten kann. Sie sehen alle gleich aus. Bis hin zu den kleinen Symbolen, die man bestellen und oben über die Anzeige setzen lassen kann. Die liegende (tote?) Rose; das in Fraktur geschriebene RUHE IN FRIEDEN; das kursive IN TIEFER TRAUER; und mein persönlicher Favorit: das in altenglischer Schrift gehaltene EIN WAHRER GENTLEMAN, das irgendein Idiot oben über die Traueranzeige für Mauds Oma gedruckt hatte. (Ich würde mein Geld zurückverlangen.) Das ließ nur einen Schluss zu: All diese Sprüche mussten

Lügen sein. Wenn die Trauernden bei ihrer letzten Gelegenheit, sich von der geliebten Person zu verabschieden, auf eine klischeehafte Sprache und ein vorgefertigtes Layout zurückgreifen, müssen sie etwas verbergen. Der Tod ist nicht nur komisch, sondern auch unehrlich.

Ich traf vor der Trauergesellschaft auf dem Friedhof ein und folgte den Leuten in sicherer Entfernung zur Grabstelle. Ich hatte gehofft, mich unauffällig unter Trauernde an einem anderen offenen Grab mischen zu können, aber da die Geschäfte auch auf Friedhöfen heutzutage schlecht gehen, bin ich am Ende doch ein bisschen exponierter, als mir lieb ist. Ich stelle mich hinter einen Baum, der aussieht, als wäre er geringelt worden, und schaue zu. Maud trägt einen Hut, aber keinen, den ich für sie ausgesucht hätte. Der wäre schwarz und breitkrempig à la Dietrich. Sogar ein paar Federn könnte ich mir vorstellen. Stattdessen ist es ein wie neu aussehendes Stroh-Ding mit einem marineblauen Band. Dazu trägt sie ein schwarzes Kleid. V-Ausschnitt, Dreiviertelarm, durchgehende Knopfleiste, Muschelsaum. Es ist ihr zu groß und in der Taille mit einem breiten braunen Gürtel zusammengebunden.

Echte Beerdigungen sind nicht so wie die in Büchern oder im Fernsehen. Ich bin enttäuscht. Es gibt keinen Pfarrer, oder falls doch einer da ist, trägt er Zivil. Wenn ich beerdigt werde, möchte ich jemanden in Amt und Würden, der eine entsprechende Robe trägt. Oder zumindest irgendeine Art von Uniform. Ich möchte nicht, dass der Verantwortliche sich anzieht und benimmt wie einer der Trauergäste. Aber wo wir gerade beim Thema Gäste sind: diese hier sind viel zu alltäglich gekleidet. Mehrere Frauen tragen bunt gemusterte Kleider, und auch bei den Männern kann ich nur vereinzelt mal eine Krawatte erspähen. Sie sehen alle aus, als wären sie auf dem Weg ins Steakhaus. Über die ausgehobene und aufgehäufte Erde ist ein grünes Tuch gebreitet, was mir gefällt, und für den Sarg haben sie offensichtlich ordentlich Kohle hingelegt. Aber es geht alles so schnell über die Bühne. Kein Freund oder Familienmitglied sagt ein paar Worte, niemand liest ein Gedicht vor, es gibt keine Musik (abgesehen davon, dass ein Junge seinen MP3-Player laufen hat) und es gibt keine Grabrede.

Vielleicht macht man das bei echten Beerdigungen ja nicht. Vielleicht gibt es auch das nur in Büchern. Wie die guten Bäume. Ich warte und warte, dass endlich einer eine Handvoll Erde nimmt und sie auf den Sarg wirft. Aber Pustekuchen!

Der Sarg wird nicht mal ins Grab hinuntergelassen, solange die Gäste da sind. Ich verstehe das alles nicht. Das ist doch das große Finale, oder nicht? Ich bleibe stehen und beobachte, wie er schließlich, als alle weg sind, in die Erde hinabgesenkt wird. Es verläuft absolut reibungslos; der Sarg gleitet gleichmäßig an der mit Gurten und Zügen versehenen Vorrichtung nach unten. Als ich ganz sicher bin, dass alle längst auf dem Weg zu ihren Autos sind, trete ich ans offene Grab, um mir alles aus der Nähe anzuschauen. Ich nehme sogar eine Handvoll Erde und werfe sie auf den Sarg. Weil es mir irgendwie richtig erscheint. Den Männern, die das Grab wieder zuschütten, ist es offenbar egal. Sie hören sogar auf zu schaufeln, damit ich näher treten kann.

Auf der Heimfahrt im Bus denke ich über Mauds Oma nach und darüber, wie wenig ich anhand ihrer Trauergäste über sie sagen kann. *Trauern* (Verb, von mhd. *trūren*, den Kopf sinken lassen) 1. Trauer oder seelischen Schmerz empfinden, betrübt sein über den Tod eines Menschen; 2. die traditionellen Zeichen der Trauer, wie z.B. Trauerkleidung, tragen und entsprechendes Verhalten an den Tag legen. Mir kommt der Gedanke, dass die Trauernden bei einer Beerdigung die Armbandanhänger eines Lebens sind. Der Krimskrams eines Menschen, den er vom Anfang bis zum Ende entweder sammelt oder selbst erzeugt. Die Symbole, die zeigen, wer wir sind. (*Sie war ein wahrer Gentleman.*) Wie traurig. Arme Oma von Maud.

Als ich nach Hause komme, stehen ziemlich viele Autos vor dem Haus von Mauds Eltern. Sie sind wohl doch nicht ins Steakhaus gegangen. Dad ist total sauer, weil ein paar von den Wagen auf unserem Randstreifen stehen. Er geht sogar raus und schiebt Zettel unter die Scheibenwischer. Dobie Squires ist total unruhig, wie immer, wenn Dad sauer ist. Mum steht rauchend am Küchenfenster, schnickt die Asche ins Spülbecken und beschreibt Dad, was sie von dort aus sieht. Sie sollten mich fragen. Denn ich bin längst oben bei meinem Fernglas.

16

Und ich pries die Freude, weil es für den Menschen nichts Besseres unter der Sonne gibt, als zu essen und zu trinken und sich zu freuen. Und dies wird ihn begleiten bei seinem Mühen die Tage seines Lebens hindurch, die Gott ihm unter der Sonne gegeben hat.

Das Buch der Prediger 8, 15

Lionel steht vor unserer Haustür, kaum dass der letzte Gast seinen Wagen von unserem Randstreifen manövriert hat. Ich sage manövriert, weil Merrill bereits die Tonnen für die Müllabfuhr rausgestellt hat, während Lionels Gäste einander noch bei Currys und Profiteroles getröstet haben. Ich wüsste nicht, wann Dad die Mülltonnen je so früh an den Straßenrand geschoben hat. Normalerweise ist es nämlich so, dass Mum ihn bis unmittelbar vor dem Schlafengehen lautstark bearbeitet, dass er »endlich die Mülltonnen rausstellen« soll. Jetzt ist es heller Nachmittag und Dad hat seine

Aufgabe schon erfüllt. Er hat die Tonnen einfach zwischen die Autos gequetscht. Es war nicht leicht für die Fahrer, da wieder rauszukommen; die grüne Mülltonne bekam einen solchen Stoß versetzt, dass sie ein, zwei Sekunden gefährlich schwankte. Aber Dad freut sich über die Unannehmlichkeiten, die er verursacht zu haben glaubt. Ich weiß, dass er sich freut, weil er die ganze Zeit am Wohnzimmerfenster gestanden hat, leicht auf den Füßen auf und ab gewippt ist und dabei leise vor sich hin gebrabbelt hat. Dass Limo-Li vor unserem Haus erscheint, sobald der letzte Gast sich herausmanövriert hat, freut ihn wiederum gar nicht.

Lionel schreit los, noch bevor Dad die Haustür aufgemacht hat. Und Dad ist kein Stück besser. Zuerst merken sie gar nicht, dass sie über verschiedene Dinge in Rage sind. Dad wettert los, sein Grünstreifen sei beschädigt worden (er hat sich nie viel aus seinem Grünstreifen gemacht, bis jemand anders ihn benutzen wollte), unterbricht sich aber, als er in Lis Tirade die Formulierung »Ihr perverser Sohnemann schon wieder« aufschnappt. Das ist die Stelle, an der Mum die Bühne betritt, in der einen – wild gestikulierenden – Hand ein Rotweinglas, in der anderen eine Kippe. Es geht richtig hoch her, denn Lionel beschimpft Mum als »Schnapsdrossel« und Dad Lionel als »Schwuchtel«. (Als Schwuchtel? Wenn das das Beste ist, was Merrill einfällt, hat Lionel ihn aber auf dem falschen Fuß erwischt.) Während ich mich langsam in Sicherheit bringe, zischt Mum: »Knall ihm eine, Merrill!« Die Handgreiflichkeiten beginnen, als Dad brüllt: »Mein Sohn pervers? Wenn Sie nicht auf Ihre Tochter da drüben aufpassen, ist sie bald genauso kahl wie Ihr Mistvieh von Katze!«

Ich habe Lionel in seiner Ehre gekränkt. Und das kam so:

Mum war unten in der Küche und aschte ins Spülbecken. Dad schrieb in seiner schönsten Druckschrift Zettelchen, die er unter Scheibenwischer klemmen konnte. Ich war oben und unterhielt mich mit Maud:

– *Warum bist du nicht beim Leichenschmaus?*
– DAS IST KEIN LEICHENSCHMAUS. DAS IST EINE PARTY

Daraufhin wandte ich meine Aufmerksamkeit Lis Garten zu und nahm alles genau unter die Lupe. Ich glaube, es war wirklich eine Party; ein paar Leute hatten schon ihre Schuhe ausgezogen. Die gesamte Trauergesellschaft saß auf Plastikstühlen in der Sonne und trank Bier und Wein aus Plastikbechern. In der Nähe der Hintertreppe war ein Tapeziertisch aufgestellt worden, der voller Essen stand. Irgendwer (Li?)

hatte Krepppapier zu langen Bändern gedreht und die Ecken des Tisches damit geschmückt. Es lief sogar Musik. Das Einzige, was fehlte, war ein Fässchen. Yep. Party.

Ich finde ja, der Ehrengast sollte an der Feier teilnehmen. Das hilft Ausrutscher wie diese Kreppbänder zu vermeiden. So war das früher auch, müsst ihr wissen. Da bekam man ebenfalls sein Sandwich und sein Bier dafür, dass man zur Trauerfeier kam, aber es wurde vor dem aufgebahrten Toten gegessen und getrunken. Leichenbewachung, so nannte man das. *Totenwache.* Ich habe mal ein Buch über Leute gelesen, die versehentlich lebendig begraben wurden. Eine der Lösungen für dieses Problem bestand darin, die Leiche ein paar Tage im Auge zu behalten, nur um sicherzugehen, dass sie nicht wieder aufwachte. Na, das wäre ja eine schöne Party.

Maud saß an ihrem kleinen Tisch und riss sich Augenwimpern aus. Ich saß ebenfalls; ich hatte die Ellbogen auf den Schreibtisch gestützt und drückte das Fernglas ganz fest gegen meine Stirn, als könnte ich sie so näher zu mir heranholen. Als Limo-Li Mauds Zimmertür öffnete, sprang ich so schnell auf, dass mein Stuhl nach hinten umkippte. Ich stellte mich neben das Fenster, lehnte mich mit der Schulter an den Rahmen und reckte den Kopf gerade so weit vor, dass ich etwas sehen konnte, ohne gesehen zu werden. Li sprach leise auf Maud ein oder sollte ich besser sagen, auf Mauds Hinterkopf? Sie hatte sich noch keinen Millimeter gerührt. Dann lachte sie plötzlich. Was ich nicht nur daran erkannte, wie ihr eigenes Gesicht sich verzog, sondern auch an Lionels Miene. Er wurde wütend. Er packte Mauds Hand, riss sie vom Stuhl hoch und zwang sie, sich vor ihn zu stellen. Inzwischen lachte sie nicht mehr.

Das Seltsame an Ferngläsern ist, dass sie auch eine distanzierende Wirkung haben, obwohl sie die Gegenstände näher erscheinen lassen. Li hielt Mauds Kopf zwischen seinen Händen. Seine Knöchel traten weiß hervor und seine Zähne waren entblößt, so als würde er sie anknurren. Er drehte ihren Kopf von einer Seite zur anderen. Ich wusste, was er anschaute. Er war näher an ihr dran, als es mir je gelungen war. Wahrscheinlich konnte er das Blut sogar riechen. Meine Reaktion auf diese ganzen Handgreiflichkeiten fiel erstaunlich schwach aus. Ich verspürte keinen sonderlichen Drang, ihr zu Hilfe zu eilen, und war über die normale Neugier hinaus nicht mal übermäßig an dieser privaten Auseinandersetzung interessiert, deren Zeuge ich gerade wurde. Ich wollte nur, dass es schnell vorbeiging, damit ich Maud wieder für mich haben konnte. Das alles führe ich auf das Fernglas zurück.

Versteht mich nicht falsch. Ich war um Maud besorgt. Schließlich liebe ich sie. Ich habe mich, glaube ich, genauso gefühlt, wie ich mich fühle, wenn Dobie Squires Mum in die Enge getrieben hat. Und wenngleich es mir wirklich keinen Spaß machte zuzusehen, wie er Maud wehtat, bot sich mir eine Chance, Li zu demütigen, die ich nicht ungenutzt lassen konnte. Und was machte ich? Ich verließ mit dem Fernglas im Anschlag meine Deckung und stellte mich ins offene Fenster. Als Lionel mich bemerkte, winkte ich.

Wir haben mal einen Zirkus hier im Ort besucht. Nach allem, was mir davon in Erinnerung geblieben ist, war das ein ziemlich trostloser Verein. Einer von denen, die man in den Lokalnachrichten sieht, weil sie gegen den Tierschutz verstoßen haben oder sich jemand auf irgendeinem Karussell verletzt hat. Eine der Nummern bestand darin, dass ein Typ, der angezogen war wie Jack Sparrow, lauter kleine Hündchen dazu animierte, durch Feuerreifen zu springen. Ich schwöre, dass es nach angekokeltem Hundefell roch. Und wenn ich animieren sage, dann meine ich sowohl gut zureden und umschmeicheln als auch drangsalieren. Er hatte eine Peitsche im Miniformat, die er andauernd schnalzen ließ. Und wir sollten lachen, weil es so komisch war (war es doch auch, oder?), dass er zwischen all diesen schmächtigen Straßenkötern wie ein Löwenbändiger auftrat. Jack Sparrow fand sich offensichtlich ganz schön toll. Dann passierte etwas Interessantes. Einer der Hunde machte, anstatt durch den Feuerreifen zu springen, plötzlich kehrt und ging auf Jack Sparrow los. Dieser fuchtelte sofort frenetisch mit seiner Peitsche herum, konnte aber nicht mehr verhindern, dass der Hund wie ein Wurfspeer auf ihn zusauste und die Zähne in seinen Bauch schlug.

Die Leute johlten und lachten, aber ich beobachtete Jack Sparrows Mienenspiel. Er sah beschämt aus. Aus seinem aufgeblasenen Auftreten wurde die Luft rausgelassen; all seine Macht und Autorität entwich durch die Augenhöhlen, bis nur noch ein leerer Kopf und ein zutiefst gedemütigter Körper zurückblieben. Mit dem Hund noch am Bauch stolperte er aus der Arena. Und genau diesen Typen habe ich vor mir gesehen, als ich Li zuwinkte: Jack Sparrow aus dem Zirkus, mit einem kleinen Hund, der sich in ihn verbissen hat. Nur dass in diesem Fall *ich* der kleine Hund war. Er war der Gebissene. Und in diesem Moment schämte er sich so, dass er nicht anders reagieren konnte, als seine Hände von Mauds Kopf zu nehmen und aus dem Zimmer zu stolpern. Mir war klar, dass ich den nächsten Teil meines Plans umsetzen musste, während die Gäste von Mauds Oma noch aßen, tranken und sich amüsierten. Deshalb schrieb und platzierte ich ohne Umschweife die folgende Nachricht im Fenster:

– *Komm zum Seitenzaun*

Dann lief ich, so schnell ich konnte, nach unten. Als ich am Zaun ankam, war ich immer noch damit beschäftigt, mir vorzustellen, wie Lionel meine Zähne aus seinem Bauch losmachte. Ich konnte gerade so zwischen den Latten hindurchspähen und roch Curry, während mein Blick auf Profiteroles fiel. Auch einige ganz anständige Salate hatten sie da stehen. Ein tragbarer CD-Player spielte Musik, die ich nicht kannte. Panflöten? Mannomann – prost, Oma! Keine Musik am Grab, aber Panflöten beim Leichenschmaus. Während ich so am Zaun stand und wartete, fragte ich mich einen Moment lang, ob Maud wirklich kommen würde. Dann sah ich sie hinter dem Tapeziertisch die Treppe in den Garten heruntersteigen. Sie überquerte rasch den Rasen und blieb etwas südlich von mir am Zaun stehen. Ich rückte zu ihr hin, bis wir uns frontal gegenübergestanden hätten, wenn da nicht dieser Lattenzaun gewesen wäre. So nah waren wir uns noch nie gekommen.

Ich konnte sie atmen hören und griff oben über den Zaun. Eine Minute lang zeigte sie keinerlei Reaktion, dann reckte sie den Arm hoch, und ich spürte ihre Finger ganz leicht an meiner Faust. Ich öffnete meine Hand und ließ den kleinen goldenen Apfel-Anhänger in ihre gleiten.

Jetzt ist es ungefähr eine Stunde später, und Limo-Li holt zum Schlag gegen Dad aus. Ich bin oben und beobachte Maud, die ihren Gürtel ausgezogen und ihr Beerdigungskleid aufgeknöpft hat. Der kleine goldene Apfel ist sicher an ihrem Nabelring befestigt und funkelt an ihrem weißen Bauch.

17

Wel-ken-de-Knos-pen

Ich-moch-te-O-ma. Sie war schon lange krank. Sie wusste nicht mal mehr, wer ich bin. Sie war zu diesem winzig kleinen Etwas geworden und ihre Haut wie Krepppapier, transparent wie ein Insektenflügel. Sie hat nicht mehr gesprochen, sie lag den ganzen Tag einfach nur zusammengekrümelt da und wurde immer kleiner und kleiner, bis sie aussah wie eine Art Fötus. Eine Kidneybohne mit kleinen Knospen, die sich nie wieder zu Armen und Beinen entwickeln, sondern dahinwelken sollten, bis sie irgendwann in mein Puppenhaus gepasst hätte. Diese Verwandlung faszinierte mich und stieß mich gleichzeitig ab. Ich hab Oma nur noch sehr ungern besucht.

Ich weiß, dass ich etwas empfinden sollte, und habe ein schlechtes Gewissen, weil ich es nicht tue. Ich fühle mich genauso, wie ich mich gefühlt habe, als ich in der

Schulkapelle die Lesungen aus der Bibel vortragen musste. Alle sehen mich an, alle erwarten etwas von mir, aber meine Stimme gehört mir nicht mehr. Sie wird aus mir herausgesogen und verschwindet im Nu und das einzig Reale ist das Echo, das zurückkehrt. Doch es ist nicht mehr als ein Wispern, eine stille Post, dieses Echo. Es wirbelt einmal um die Leerstelle herum, wo sonst Oma war, und wird dann – mit dem Gewicht des Atems aller Anwesenden behaftet – wieder in mich hineingepresst. Nur bin ich gar nicht mehr ich. Ich bin selbst zu einer Kidneybohne geworden. Creepy hat gelacht, als er erfuhr, dass Oma jetzt eine Leerstelle ist. Vielleicht ist das die richtige Reaktion.

Ich hab ihn auf dem Friedhof gesehen und mich gefragt, ob ich gut aussah. Mum hatte das Kleid für mich ausgesucht. Es war zu groß. Und zu dem Hut passte es auch nicht so ganz. Ich stand da und fühlte mich feuchtkalt und exponiert. Und da war noch etwas, das ich zuerst nicht verstanden habe. Ich war mir all dieser Dinge schmerzhaft bewusst. Ich war mir der Tatsache bewusst, dass das Kleid zu groß war und der Hut nicht dazu passte. Ich war mir des Umstands bewusst, dass meine Schuhe in das Gras einsanken. Ebenso wie mir bewusst war, dass ich für Creepy in diesem Moment wie das große Loch im Boden ausgesehen haben muss, in das sie Oma für immer gelegt haben. Ich hab versucht mir vorzustellen, ich läge in diesem Loch. Ich hab versucht mir vorzustellen, ich wäre ein *In-dem-Loch-Lie-ger.* Mit Dreck in Haaren und Mund, die Arme eng an den Körper gedrückt von der Erde, die schwer ist und kalt wie Mums Beerdigungsmiene. Aber ich wollte nur noch zurück, zurück in meine sichere Zone, den Raum zwischen den Fenstern, damit Creepy mich wieder in sein großes Fernglas einsaugen und ich meine blutigen Fingerabdrücke in seinem Kopf hinterlassen kann. Es kamen eine Menge Leute zu Omas Beerdigung. Ich dachte, es wären Freunde von Mum und Dad, aber dann stellte sich heraus, dass es Omas Freunde waren. Mum konnte sie gar nicht schnell genug wieder loswerden. Ich hab gehört, wie sie zu Dad gesagt hat, sie würden das ganze Haus in Unordnung bringen mit ihrer Trauer. Sie hat es mit einem angespannten Lächeln gesagt und Dad hat ihr über den Rücken gestrichen, aber ich glaube, sie hat es ernst gemeint. So als würden jegliche Emotionen, egal wessen, dafür sorgen, dass sie sich verletzlich fühlt. Sie hat Essen für Omas Freunde rausgestellt. Das war der Tag, an dem Creepy mir den kleinen goldenen Apfel geschenkt hat. Ich trage ihn an meinem Bauchnabelring. Und es war der Tag, an dem wir uns zum ersten Mal berührt haben. Nur mit den Fingern und über den Zaun hinweg und nur ganz kurz, aber mir lief sofort so ein komisches Gefühl den Rücken runter. Das war keine Aufregung. Es war größer als das. Es war Hoffnung. Eine kleine Spirale des Vertrauens wand sich meine Wirbelsäule hinab und ließ sie vor Erwartung erbeben. Ich hab das Gefühl sofort erkannt. Es war dasselbe Gefühl wie beim Reißen. Trost, gespannte Erwartung und noch mehr: Optimismus. Ich dachte: Er könnte mein Freund werden.

Es kommt nicht oft vor, dass mein Dad und Creepys Dad sich regelrecht prügeln. Ich mag es, wenn sie das tun. Dann rücke ich für Stunden, manchmal sogar Tage, aus dem Fokus. Auch dass diese Kämpfe so anders sind als Zweikämpfe in Filmen oder im Fernsehen, gefällt mir. Man hört dabei nie dieses satte, klatschende Geräusch, das in Filmen ertönt, wenn Fäuste auf Knochen treffen. Und keiner von beiden bleibt lange auf den Beinen. Sie wälzen sich über den Rasen und stoßen Laute aus, als würden sie sich lieben. Und so sieht es auch aus.

Ich beobachte sie. Sie haben gar keinen richtigen Körperkontakt. Erst fliegen Fäuste durch die Luft, dann geht alles ziemlich schnell in eine Mischung aus

Salsa-Tanzen und Wrestling über. Sie machen auch typische Mädchen-Sachen wie einander an den Haaren ziehen oder ohrfeigen. Und ich bin ziemlich sicher, dass auch schon mal jemand gebissen wurde. Creepys Mum verfolgt den Kampf kreischend und mit rudernden Armen. Und der Hund mit dem komischen Namen hat fast Schaum vor dem Mund vor lauter Aufregung. Alles läuft perfekt, bis mein Blick auf Mum fällt. Sie weint.

Sie sitzt einfach auf der Treppe vor dem Haus und weint. Ich hab sie noch nie weinen sehen. Es macht mir Angst. Und sie weint nicht leise in sich hinein, sondern sie schluchzt richtig. Ihr Gesicht ist verzerrt und es glänzt wie eine frisch geschälte Walnuss. Das sorgt dafür, dass sich die Lage ziemlich schnell beruhigt. Einer nach dem anderen bemerkt die weinende Frau. Creepys Dad verbietet seinem Hund das Bellen. Creepys Mum geht zurück ins Haus. Dad bleibt noch eine Weile auf dem Rasen sitzen, bevor er aufsteht und ebenfalls reingeht. Er geht schnurstracks an Mum vorbei.

Ich habe Angst und ich hasse sie dafür. Ich setze mich neben sie auf die Treppe, aber es ist, als würde sie mich gar nicht sehen. Als ich zaghaft die Hand ausstrecke und sie so leicht wie der Insektenflügel, zu dem Oma geworden war, auf ihren Arm lege, schlägt sie sie weg. Dann geht auch sie ins Haus. Und ich sehe, dass Blut unter meinen Fingernägeln ist.

Sie hat nicht mal geweint, als sie erfahren hat, dass ihre Mutter gestorben war.

Coda: Ich habe Angst, als ich meine Hand ausstrecke, und ich hasse sie dafür.

18

Du tust nicht gut daran, dir ein Herz zu wünschen. Die meisten Menschen macht ihr Herz unglücklich. Wenn du wüsstest, wie viel Glück du hast, dass du keins hast.

L. Frank Baum: Der Zauberer von Oz (1900)

Ich wollte immer an Religion glauben. Das klingt alles so schön. Die Vorstellung, es gebe eine Formel für das Leben, ein Rezept, ist wirklich ziemlich beruhigend. Tu dies und das, füge noch ein bisschen davon hinzu, vermische es hiermit, lebe siebzig Jahre und am Ende ist es so weit. Du kommst in den Himmel. An einen realen Ort. Dann ist da natürlich auch noch Jesus. Wenn man unterwegs ein paar Schritte übergangen hat, ist Jesus eine Art Zusatz, mit dem man seine Fehler kaschieren kann – wie die Speisestärke in der Bratensoße, die zerkleinerte Ananas im Putengeschnetzelten oder das Natron im Toffee-Pudding. (Ich habe in der Schule Kochen gewählt, weil die Alternativen Fechten oder Synchronschwimmen waren.)

Aber ich bin nie so richtig reingekommen, was das Glauben anging. Mir war es ein bisschen peinlich, wie ich damit kämpfte, etwas so Unvernünftiges zu akzeptieren. Vielleicht sollte ich es mal mit einer Religion mit einem lebenden Propheten probieren. Mit einer dieser Gruppen, die sich wie die ersten Siedler kleiden. (Maud würde hübsch aussehen mit so einer Haube.) Haben die vielleicht eine aktualisierte Fassung der Offenbarung? Vielleicht gab es ja Fortschritte in der Glaubenslehre, von denen wir anderen noch nichts gehört haben. Diese Gruppen lassen sich bestimmt nicht in die Karten gucken. Man muss dazugehören, um zu erfahren, was Gott den Menschen heutzutage mitzuteilen hat.

Mum ist religiös. Sie hat sich ihre Religion im Supermarkt geholt. Da waren mal so junge, attraktive Leute, die Pamphlete und Erlösung verteilt haben, als sie nur kurz Würstchen und Schmorfleisch einkaufen wollte. Sie geht regelmäßig zur Kirche. Nicht nur an Weihnachten und Ostern, sondern immer. Dad macht sie runter, wenn sie über ihre Religion spricht, und dann fühlt sie sich verfolgt, was ihr zu gefallen scheint. So wie ich das verstehe, soll man sich auch verfolgt fühlen, wenn man erlöst wird. Das hat irgendwas damit zu tun, dass man Gott durch Leiden näher ist oder so. Und Mum leidet. Es gibt Tage, an denen Dad sie mit Freude an den Gartenzaun nageln würde.

Eine Weile hat Mum mich mit in die Kirche genommen. Als ich noch klein genug war, um mich in Kleider stecken zu lassen, für die ich anderswo verprügelt worden wäre. Es gefiel mir dort. Das Gebäude war alt und drinnen war es kühl und dunkel und das ganze Holz war gebohnert. Es wurde ständig gesungen und egal, wie schlecht man sang, der Gesang kam einem immer schön vor. Bevor die Predigt begann, wurde ich nach draußen in eine große Halle gebracht, wo wir Kinder alle Geschichten erzählt bekamen und Bilder von Heiligen ausmalen durften. Das Ganze bekam für mich erst an dem Tag etwas Zweifelhaftes, an dem eine der uns beaufsichtigenden Damen uns erzählte, Tiere hätten keine Seele. Ich weiß noch, wie ich mit meinem Buntstift mitten im Strich anhielt, um über diese neue Information nachzudenken. Die hatten dort so ätzende Wachsmalstifte, die nie richtig decken. Die, mit denen man immer richtig feste aufdrücken muss, so dass man am Ende einen Krampf vom Ausmalen bekommt. Jedenfalls war ich ziemlich sauer. Ich erinnere mich, dass ich zwei Dinge gedacht habe: Woher zum Teufel will die wissen, ob Tiere eine Seele haben? Und warum gibt uns eigentlich nie jemand anständige Buntstifte oder Filzer?

Auf dem Heimweg befragte ich Mum im Auto zum Thema Tiere und Seelen. Das war, noch bevor ich lernte, dass Eltern die Letzten sind, zu denen man geht, wenn man echte Fragen hat. Die einzigen Fragen, die man Eltern jemals stellen sollte, sind die, die mit »Kaufst du mir« und »Darf ich« anfangen, und auch das nur, weil sie damit einhergehen, dass man Geld braucht. Aber das findet man nur durch Versuch und Irrtum heraus (vor allem Irrtum). Ich fragte also meine Mum: »Haben Tiere eigentlich eine Seele?«

Sie antwortete nicht sofort. Aber das war in Ordnung. Die Damen in der Sonntagsschule gaben auch nie sofort eine Antwort. Wenn es um kirchliche Belange ging, machten mir diese Pausen auch nie etwas aus. Fragen, die die Kirche betreffen, verlangen geradezu nach Pausen. Das verleiht den Antworten, wenn man sie dann bekommt, eine gewisse Autorität. Meine Mum war damals außerdem noch hübsch und Informationen sind sehr viel glaubwürdiger, wenn sie von attraktiven Menschen kommen. Nachdem sie mir dann – mit dem ganzen gebieterischen Gewicht von Pausen *und* gutem Aussehen – erklärt hatte, Tiere hätten keine unsterbliche Seele, weil sie keine richtigen Herzen hätten, habe ich die ganze restliche Heimfahrt über geheult.

Als ich ihr diese Frage Jahre später, während sie eine frische Bisswunde von Dobie Squires verarztete, noch einmal stellte, war sie sich ihrer Sache nicht mehr ganz so sicher und erwiderte nur: »Das will ich verdammt noch mal nicht hoffen!«

Mum wusste die Antwort eigentlich gar nicht, fühlte sich jedoch verpflichtet, irgendetwas zu erfinden, das zumindest annähernd mit den paar Krümeln Glaubenslehre im Einklang stand, die sie verinnerlicht hatte. Freut mich für sie, dass sie es wenigstens versucht hat. Aber ich kann meinen Widerwillen gegen Sonntagskleidung und Kirchenbesuche auf die geistige Verarbeitung dieser Information zurückdatieren. Tiere haben keine Seele. Ich nehme an, das ist der Grund, warum wir sie ungestraft essen dürfen. Danach konnte ich mein Meerschweinchen nie mehr mit denselben Augen betrachten. Und ich war wütend auf Gott, weil er Wuschel ein richtiges Herz vorenthalten hatte.

Das alles erklärt, wie ich auf einer konfessionellen Schule gelandet bin. Dad war damit einverstanden, weil er glaubt, dass ich an einer Privatschule eine bessere Ausbildung bekomme. Das weiß ich, weil er beim Abendbrot häufig am Kopf des Tisches sitzt und sagt: »An einer Privatschule bekommt man in jedem Fall die bessere Ausbildung.« Dann legt Mum beide Hände um ihr Rotweinglas und nickt weise. Das ist für sie beide eine Art Patentrezept. Nach jedem Problem in oder mit der Schule stimmt Dad sein Mantra an: »An einer Privatschule bekommt man in jedem Fall die bessere Ausbildung.« Nicht dass irgendeins von den Problemen an der Schule etwas mit mir zu tun hätte. Aber sämtliche Probleme, von Verstößen gegen die Uniformpflicht bis hin zu Mädchen, die versaute Bilder malen, liefern die Inspiration für ein aufwendiges Eltern-Infoblatt und garantieren Dads Spruch am Abendbrottisch. (Kürzlich enthüllte ein Infoblatt, dass eine bessere Ausbildung nicht das Einzige ist, was man an einer Privatschule bekommt – besseres Gras bekommt man auf den Klos von Privatschulen offenkundig auch.)

Religion erscheint mir allzu fragil und allzu angreifbar. Dabei ist es gar nicht so, dass es in der Religion mehr Vorschriften gibt als anderswo. Es ist nur so, dass sie nicht gut damit klarkommt, wenn gegen diese Vorschriften verstoßen wird. Sie verschickt Faltblätter und beruft Sitzungen ein und belohnt Schuldgefühle und Exklusivität. Und bevor man weiß, wie einem geschieht, jagt sie Gebäude in die Luft. Wenn ihr mich fragt, ist Gott schrecklich empfindlich. Vielleicht ist er ja wirklich ein Mädchen!

Der Tod von Mauds Oma brachte mich dazu, erneut über Religion nachzudenken. Vor allem, als Mum eins ihrer berühmten Würstchen-Currys (mit Sultaninen in der Soße) gekocht und es nach nebenan gebracht hat. Sie sah sehr glücklich aus, als sie wiederkam. Aber nach ungefähr einer Woche fing sie an darüber zu ätzen, dass die Nachbarn die Auflaufform noch nicht zurückgebracht hätten. Sie hat sogar Dad gebeten, sie holen zu gehen. Doch er weigerte sich. Bald kam es mir so vor, als ginge es Mum gar nicht so sehr um die Auflaufform. Vielmehr konnte sie aus dieser »gestohlenen« Auflaufform jahrelang Bitterkeit beziehen. Die Auflaufform und das, was darin war, war ein Symbol für Mums verborgene Motive. Hin und wieder hörte ich sie, während sie ein »winziges Schlückchen« nahm, murmeln: »Und ich hab sogar noch Sultaninen in die Soße getan.«

Die Auflaufform wurde zu einer Gefangenen in einem heiligen Krieg. Vielleicht hat Li sie mit Absicht behalten. Vielleicht wurde sie auch einfach nur vergessen. So oder so beklagte Mum liebend gern den

Diebstahl. In sehr kurzer Zeit wuchs sowohl die Größe als auch die Bedeutung dieser Auflaufform. Irgendwann hatte sie ein Fassungsvermögen von fünf – nein, zehn – Litern erreicht. Sie wurde zur einzigen Auflaufform, die je einen gut schließenden Deckel gehabt hatte. Und außerdem zur teuersten, die sie je gekauft hatte – eine echte *Investition*. Nein, sie war sogar ein Hochzeitsgeschenk, unersetzlich und von immensem ideellem Wert.

Wusstet ihr, dass das Wort Religion vom lateinischen Verb *religare* kommt, das so viel wie »binden, verbinden« bedeutet? Das habe ich irgendwo gelesen; wahrscheinlich in meinem *Collins Australian Dictionary (mit Internetlinks und CD-ROM)*. Binden, verbinden also. Und da wir uns mehr an Dinge gebunden fühlen, die wir verachten, als an Dinge, die wir lieben, schätze ich, dass unsere verborgenen Motive unsere eigentliche Religion sind. Gott ist nur ein Trittbrettfahrer.

19

Dass alles anders ist, heißt noch lange nicht, dass sich irgendwas geändert hat.

Irene Peter

Ich mag tote Sprachen. Sie sind berechenbar, statisch, unveränderlich. Nur der Tod kann das bewirken. Das ist auch der Grund, weshalb ich Geschichte mag. Sie ist in sich abgeschlossen. Veränderung bekommt eine Menge unverdiente Aufmerksamkeit. Veränderung ist gut. Veränderung ist notwendig. Veränderung ist Wachstum. Niemand hält inne, um das in Frage zu stellen. Darwin hat allerhand auf dem Gewissen.

Der Französischlehrer an meiner Schule ist Alkoholiker. Oder ein Vampir; das hängt davon ab, wen man fragt. Mr Thornton hat früher Mathe unterrichtet, wurde jedoch mitten im Schuljahr in die Französischabteilung versetzt. (Unsere reguläre Französischlehrerin hat sich für den Rest des Jahres beurlauben lassen, um sich zu erholen, nachdem ihr Freund sich in ihrem Vorgarten selbst angezündet hat.) Die Theorie mit dem Vampir kam ins Spiel, weil Mr Thornton wie einer aussieht. Er hat zwar keine Fangzähne, aber alle Begleiterscheinungen einer unausgewogenen Ernährung: käsige Haut, blutunterlaufene Augen und ein Netz von durchscheinenden blaugrauen Adern, das seinen Hals und sein Gesicht gleichsam marmoriert. Er sieht aus, als würde sein Kopf von einer Blumenampel aus Makramee an Ort und Stelle gehalten. Er zittert und er schwitzt auch viel. Das Zittern und Schwitzen schien nach seiner Versetzung aus der Mathe-Abteilung schlimmer zu werden. Ich glaube, Mathe passte besser zu Mr Thornton. In einer Disziplin wie Mathe gibt es absolute Gewissheiten, die man in einer lebenden Sprache niemals antreffen wird. Und Französisch sprechen zu können heißt noch lange nicht, dass man es auch unterrichten kann.

Ich bin in seiner Französischklasse. Und Maud auch. Natürlich sprechen wir nie miteinander. Ich lerne jetzt seit einem halben Jahr Französisch, und das Ergebnis ist, dass ich weiß, wann die Bastille erstürmt wurde, wie man Crêpes macht und wie man bis zehn zählt. Ich weiß auch, wie man einige Wörter ausspricht, wie zum Beispiel *Tisch, Stuhl, Bett, Bleistift* und *Trompete.* Diese Fähigkeiten nützen mir aber nichts. Ich könnte allenfalls in Paris in einen Laden gehen und sagen: »Ich möchte eine Trompete«, aber angesichts der Tatsache, dass ich gar keine Trompete will und auch nicht wirklich durchblicke, was das Thema transitive Verben angeht, kann es genauso gut sein, dass ich da reingehe und verkünde: »Ich bin eine Trompete.«

Es ist ein schöner Tag; so warm und sonnig wie schon eine ganze Weile nicht mehr. Und weil es warm und sonnig ist, schlägt Mr Thornton vor, dass diejenigen aus der Klasse, die an ihren Übersetzungen von *Der kleine Prinz* arbeiten, dies draußen auf der Veranda tun sollen. Ich gehöre nicht zu denen, die an einer Übersetzung von *Der kleine Prinz* arbeiten. Ich könnte allenfalls Wörter wie *Tisch, Stuhl, Bett, Bleistift* und *Trompete* aus dem Buch herauspicken, aber bei allem, was darüber hinausgeht, bin ich aufgeschmissen. Also bleiben wir anderen, inklusive Maud, im Klassenraum, um mit Mr Thornton Konversation zu üben.

Französische Konversation sieht bei uns so aus, dass Mr Thornton einen Schüler etwas auf Französisch fragt und im Gegenzug die korrekte Antwort auf Französisch erwartet. Er zittert heute stärker denn je und ringt ständig die Hände oder wischt sie sich an seiner Hose trocken. An der Länge der Fragen, die er stellt, kann man ablesen, welche Schüler er nicht leiden kann. Maud ist absolut nicht sein Fall, und es überrascht mich wenig, als er sich vor ihren Tisch stellt, ihr in die Augen sieht und eine Salve von französischen Wörtern auf sie abfeuert. Nur daran, dass am Ende seine Stimme nach oben geht, erkenne ich, dass es eine Frage sein soll. Es entsteht eine lange Pause. Normalerweise wiederholt Mr Thornton die Fragen noch einmal langsam, wenn jemand Probleme hat, oder schreibt sie an die Tafel, aber diesmal macht er nichts dergleichen. Was er hingegen tut, ist mit den Armen herumfuchteln, zittern und schwitzen. Dann legt er seine Hände flach auf ihren Tisch und sagt: »Hmmm?«

Maud hält seinem Blick die ganze Zeit stand. Dann sagt sie: »*Est-ce que vous êtes un vampire ou un alcoolique?*«

Alles danach geschieht innerhalb von wenigen Sekunden. Mr Thorntons Oberkörper schnellt hoch, als hätte er eine geknallt bekommen. Und sobald sein Zittern so weit nachlässt, dass er aus dem Raum stürzen kann, tut er das und stößt dabei voll mit Stephanie Morcombe zusammen. Zusammenstöße zwischen

Schülern und Lehrern sind nicht unüblich, vor allem zwischen den einzelnen Stunden, wenn alle zu ihren nächsten Klassen eilen. Bei diesem Zusammenprall liegen die Dinge jedoch ein wenig anders, da Stephanie Morcombe sich auf die Balkonbrüstung gesetzt hatte, um möglichst viel von der wunderbar warmen Sonne abzukriegen. Ich bin immer noch völlig geplättet, dass Maud Französisch spricht, als der erste Schrei durch die Flure hallt. Denn ihr müsst wissen, dass Mr Thornton, als er an Stephanie Morcombe vorbeistürmte, so unglücklich gegen sie getaumelt ist, dass er sie mit der Wucht seines Gewichts buchstäblich vom Balkon gestoßen hat. Also ertönen zwei Schreie: Einer reißt ziemlich schnell wieder ab (es ist nicht so weit bis unten, wenn man im freien Fall ist); der andere ist länger.

Irgendjemand führt Mr Thornton schließlich weg und jemand Zweites ruft einen Krankenwagen, und um Stephanie Morcombe, die bäuchlings auf der Erde liegt, bildet sich ein Kreis von Gutmenschen. Als ich Mr Thorntons Miene sehe, wird mir klar, dass ich die Bedeutung des Ausdrucks *wie vom Donner gerührt* vorher noch nie wirklich verstanden habe. Es steht nicht nur Schmerz in seinem Gesicht und auch nicht einfach nur Angst – Mr Thornton ist vollkommen lahmgelegt. Er wird gefragt, was passiert sei, kann aber nicht sprechen. Das Einzige, wozu er in der Lage ist, ist, seine Arme um sich zu legen und diese seltsamen wimmernden Geräusche zu machen. Dabei sind seine Augen die ganze Zeit geschlossen. Sein Gesicht ist völlig verzerrt und er schnappt laut nach Luft. Ich glaube, irgendwer sollte dem armen Kerl mal einen Drink holen.

Maud lehnt an der Balkonbrüstung und schaut hinunter. Dort wird Stephanie Morcombe gerade auf eine Trage gelegt. Die Sanis reden mit ihr, woran ich erkenne, dass sie nicht tot ist. Auf den Pflastersteinen klebt Blut und ein Teil davon ist schon im Gras versickert. Erst als ich Maud anschaue, begreife ich, dass sie ebenfalls wie vom Donner gerührt ist. Sie hat eine Hand so fest um das Geländer gekrallt, dass die Knöchel darin weiß hervortreten. Die andere Hand zwirbelt frenetisch in ihren Haaren herum. Maud reißt nie in der Öffentlichkeit. Das ist ihre Privatsache, so wie ich. Aber jetzt reißt sie. Einige Lehrer haben damit begonnen, die Schüler zurück in ihre Klassenräume zu führen. Es hat sich bereits ein kleiner Teil der Pandora-Armband-Fraktion zusammengefunden und die Mädchen greinen in geheuchelter Hysterie gerade laut genug, dass sie sicher sein können, wenigstens ein Minimum der allgemeinen Aufmerksamkeit auf sich umzulenken, ohne ihr Make-up zu ruinieren. Maud kneift unterdessen ihre Augen zu, atmet stoßweise und reißt an ihren Haaren.

Sobald ich sehe, dass Stephanie Morcombe nicht tot ist, begreife ich, dass diese Situation ein Geschenk des Himmels ist. Jedenfalls nehme ich mal an, dass ich davon Abstand genommen hätte, die Umstände zu meinem Vorteil zu nutzen, wenn Stephanie dort unten gestorben wäre. Stephanie Morcombe ist also nicht tot und Maud steht neben mir und ist verzweifelt. Ich habe genug Bücher gelesen, um zu wissen, dass Verzweiflung einem beim weiblichen Geschlecht Tür und Tor öffnet. Nie hat man bessere Chancen, einen Kontakt anzubahnen, als in so einer Situation. Das kommt von diesem Retter-Instinkt. Also bewege ich meine Hand Zentimeter um Zentimeter näher an ihre heran. Langsam. Langsam. Stopp. Langsamer. Langsam. Und jetzt schnell, bevor sie die Augen aufmacht. Ich berühre mit meinem kleinen Finger ganz sachte ihren. Und als sie nicht zurückzuckt, übe ich sanft ein ganz klein wenig mehr Druck aus. Daraufhin zieht sie ihren Finger unter meinem hervor und windet ihn vorsichtig um meinen. Als Erwiderung hake ich meinen weiter um ihren. Dann sind wir so weit.

Wir können uns etwas wünschen. Ihre Augen sind noch immer geschlossen.

Mrs Campbell, die Schulleiterin, kommt persönlich, um Maud abzuholen. Ich frage mich, was Mr Thornton gesagt hat, dass Maud so schnell und mit so großer Feindseligkeit abgeführt werden kann. Mrs Campbell sieht nicht wie vom Donner gerührt aus. Sie hat eine Mission. Und das ist ganz und gar nicht überraschend. Wenn man bedenkt, was für einen Wind sie um die vorgeschriebene Länge der Strümpfe macht, kann ich mir vorstellen, dass sie ziemlich streng mit Leuten verfährt, die in welcher Weise auch immer mit dem nicht ganz freiwilligen Sturz einer Schülerin von einer Balkonbrüstung in Verbindung gebracht werden. Sie knurrt nachgerade, als sie Maud mitnimmt.

»Wenn Ihre Tochter nicht dieses Verhalten an den Tag gelegt hätte …«, so steht es in dem Brief, den Mauds Eltern bekommen. Das weiß ich, weil Maud ihn ins Fenster hält und ich ihn durchs Fernglas lesen kann. *Wenn Ihre Tochter nicht dieses Verhalten an den Tag gelegt hätte.* Eine interessante, aber völlig haltlose Schuldzuweisung. Ich meine, wie weit wollen sie denn zurückgehen? Wenn Mr Thornton nicht betrunken zum Unterricht gekommen wäre? Wenn Stephanies verflixter Freund nicht unten auf dem Rasen gestanden hätte? Wenn es nicht so ein sonniger Tag gewesen wäre?

Nach dem *Wenn nicht*-Brief ist nichts mehr wie zuvor. Er verändert alles. Mr Thornton wird suspendiert und kommt weiter in den Genuss der vollen Bezüge. Maud wird suspendiert und kommt in den Genuss einer Therapie. Stephanie Morcombe kehrt genäht und mit einem Gips zurück in die Schule und genießt fortan den Status einer Berühmtheit. Ein Infoblatt flattert ins Haus, in dem darauf hingewiesen wird, dass es Schülern fortan verboten ist, sich der Brüstung im oberen Stockwerk um weniger als dreißig Zentimeter zu nähern. Und wir alle sprechen in der Kapelle ein Dankgebet. Ich bin mir nicht sicher, wofür wir uns bedanken, aber es bereitet mir keine Probleme, dankbar zu schauen, wie alle anderen auch. Mehr als der Anschein von Dankbarkeit ist auch gar nicht gefragt. Maud darf erst wieder zur Schule kommen, wenn sie das mit dem Anschein besser im Griff hat.

20

Je verrückter du dich benehmen willst,
desto normaler solltest du aussehen.

P. J. O'Rourke

Sind Sie ein Vampir oder ein Alkoholiker? Das ist die Frage, die Maud Mr Thornton gestellt hat. In dem *Wenn nicht*-Brief wurde unmissverständlich festgestellt, dass »ein so grober Mangel an Respekt unbestreitbar gegen die Richtlinien der Schule verstößt und sowohl Moral als auch Sicherheit der anderen Schüler untergräbt«. Die Schulleitung schlug »die Einschaltung eines Therapeuten« vor, der sich »der offensichtlichen Probleme Ihrer Tochter, mit anderen in einer angemessenen Weise in Beziehung zu treten«; annehmen sollte sowie »ihrer Tendenz zur Selbstverletzung, um Aufmerksamkeit zu erlangen«.

Das habe ich mir nicht ausgedacht. So stand es wirklich in dem Brief. Ich finde, es verstößt eindeutig gegen die Regeln, Mutmaßungen über Mauds Seelenleben anzustellen. Vor der Kollision des alkoholisierten Vampirs mit der Pandora-Prinzessin hat sich niemand sonderlich für Maud oder ihre Neigungen interessiert. Die Leute reagieren immer reflexartig, wenn es um Maud geht, aber mit echtem Interesse hat das nicht das Geringste zu tun. Wenn deine Haare blutverkrustet sind und deine Augenbrauen langsam verschwinden, stürzen die Leute sich gezielt auf Dinge wie die Länge der Strümpfe, zweifelhafte Kunstwerke und französische Beleidigungen. Damit halten sie sich nämlich die blutverkrusteten Haare und die kahl werdenden Augenbrauen vom Leib. Das ist jedenfalls meine Meinung.

Das Konzept von Therapie fasziniert mich. Ich habe noch nie eine gemacht, aber Mum und Dad haben mal eine besucht. Ihr seht ja, was das gebracht hat. Sie hätten eindeutig Dobie Squires mitnehmen sollen. Während ihrer Sitzungen und danach haben sie eine Zeit lang nicht mehr mit dem Finger aufeinander gezeigt. Das war ein sichtbarer Erfolg. Aber dann konnte ich beobachten, dass sich Konkurrenz zwischen ihnen entwickelte. Wenn Dad bei einem Streit auf Mum zeigte, merkte sie das sofort an. Und schrieb es sich auf. Die beiden hatten Therapietagebücher, in die sie täglich etwas reinschreiben sollten. Das weiß ich, weil ich sie gelesen habe. Ihr Problem war, dass sie, obwohl sie der Therapie beide zugestimmt hatten, nur hingingen, damit der jeweils andere seine Probleme in den Griff bekam. Der Therapeut wurde zu einem Ersatz-Erziehungsberechtigten. Sie haben sich tatsächlich gegenseitig verpetzt in diesen Tagebüchern. Ich habe beide auf irgendwelche Anhaltspunkte von Selbstkritik hin durchforstet. Aber Fehlanzeige. Völlige Fehlanzeige. Dafür stieß ich auf Sachen wie »Dienstag, 13:30 Uhr: Merrill hat während einer Diskussion mit dem Finger auf mich gezeigt – sehr aggressiv« und »Donnerstag, 22:15 Uhr: Merrill ist während eines Streitgesprächs laut geworden – Wut-Projektion«. Schon komisch, dass Mum den Hund nie erwähnt hat. Nachdem Merrill ihr Tagebuch irgendwann gefunden und gelesen hatte und sie seins, ging das mit dem Aufeinander-Zeigen dann genauso weiter wie zuvor.

Maud war schon lange, bevor die Schule sie dazu verpflichtet hat, in Therapie. An dem Tag, an dem sie mit Handschuhen nach Hause kam, hat sie mir zum ersten Mal von ihrer Therapeutin berichtet. Das waren keine normalen Fingerhandschuhe, sondern Fäustlinge. Ihre Finger waren richtiggehend verpackt.

Ich werde immer noch wütend, wenn ich daran denke. Mauds Finger sind wie der Körper eines Tänzers. Lang, schmal und anmutig. Und sie sind ständig in Bewegung, auch wenn sie nicht reißt. Manchmal flattern sie einfach durch die Luft. Und manchmal flattert die eine Hand, während Maud mit der anderen zeichnet. Oder reißt. Ihr Fäustlinge zu verordnen ist, als würde man sie fesseln. Sie hat sie ausgezogen. Häufig sogar. Um zu zeichnen und um zu reißen. Jetzt zieht sie sie gar nicht mehr aus. Was kommt als Nächstes? Wenn diese Therapeutin schon zu diesen Fäustlingen gegriffen hat, bevor Maud für mitschuldig an Stephanie Morcombes Absturz befunden wurde, muss ich wohl damit rechnen, meine Geliebte jeden Moment mit einem Sack über dem Kopf anzutreffen.

Sie redet seit Ewigkeiten nicht mehr mit mir. Sie zeigt mir zwar den *Wenn nicht*-Brief, doch das ist kein Reden; allenfalls lässt Maud mich dadurch das Gespräch zwischen der Schule und ihren Eltern belauschen. Ich beobachte sie häufig und sie kann sehen, dass ich sie beobachte, aber es kommt trotzdem nichts. Erst als sie die *Thomas, die kleine Lokomotive*-Vorhänge zuzieht, sogar zweimal hintereinander, begreife ich, was los ist. Sie schließt mich nicht per se aus – ich habe ja auch nichts verbrochen. In letzter

Zeit zumindest nicht. Sie schließt sich selbst ein. Sie schämt sich.

Zieht sie die Fäustlinge hinter verschlossenen Vorhängen aus? Reißt sie? Es ist unglaublich unfair, dass sie mir den Zutritt verweigert. Ich wette, dass alles, was sie sonst *mir* schreiben würde, jetzt in ein verdammtes Therapie-Tagebuch fließt. Und das kann ich nicht lesen, ohne bei ihr einzubrechen. Vielleicht befolgt sie alle Ratschläge ihrer kognitiven Verhaltenstherapie (auch darüber habe ich gelesen) und lernt, sich zu kontrollieren. Vielleicht werden ihre Neigungen und ihre Religion ganz aus ihr raustherapiert.

Therapie funktioniert über Scham. Zumindest bei uns zu Hause. Eine kurze Zeit lang haben Mum und Dad einander gnadenlos blamiert. All ihre Streitereien waren von pseudoanalytischer Übertreibung durchdrungen. Sie warfen sich gegenseitig vor, vom in der Therapie besprochenen Weg abzuweichen, und es endete damit, dass sie sich gegenseitig damit drohten, einander bei der Eheberaterin anzuschwärzen. Und es ist interessant, wie effektiv das war. Denn beide hatten Angst, dass man ihnen auf die Schliche kommt. Die permanente Angst vor Entdeckung nagte richtig an ihnen. Mum fing an dem Tag zu weinen an, als Dad zu ihr sagte: »Behüte Gott, dass Deidre jemals herausfindet, wie du wirklich bist.« (Deidre ist ihre Therapeutin.) In diesem Moment wurde mir die Sache mit der Scham klar. Und es wurde außerdem ziemlich deutlich, dass Deidre für Mum an die Stelle von Gott getreten war.

Für Deidre muss das alles wunderbar funktioniert haben. Wenn der Anschein von Wohlbefinden das Ziel von Therapien ist, muss sie meine Eltern als Musterschüler betrachtet haben. Keiner von beiden war mutig genug, ehrlich zu sein (sich selbst, dem anderen oder ihr gegenüber), so dass es ihr Ziel wurde, den Anschein von Ehrlichkeit zu erwecken. Den Anschein von Normalität. Sie täuschten sie vor. Und das strengte sie so an, dass sie beide erschöpft aussahen. Die Streitereien wurden kürzer und weniger interessant (für mich). Selbst Dobie Squires wurde es langweilig. Je mehr Normalität sie vortäuschten, desto entspannter wirkte die Lage. Und je entspannter die Lage wirkte, desto größer war die Belohnung. In Mums Therapie-Tagebuch verschob sich der Fokus von Merrill zu Deidre. »Deidre ist sehr beeindruckt, wie gut wir unsere neu erworbenen Fähigkeiten zur Konfliktlösung anwenden.« Glücklicherweise pendelte sich, kurz nachdem Deidre (alias Gott) sich aus ihrem Leben verabschiedet hatte, alles wieder ein und sie kehrten zu ihrer normalen Gangart zurück. Deidre konnte ihr Geld reinen Gewissens einstreichen, Mum und Dad konnten ihre ehrlichen Feindseligkeiten wiederaufnehmen und Dobie Squires seine Gewohnheit, Mum im Garten (oder in der Küche, im Wohnzimmer oder im Bad) aufzulauern.

Ihr versteht also, warum ich mir Sorgen um Maud mache. Sie ist der ehrlichste Mensch, den ich kenne. Das wird nach dieser Therapie nicht mehr so sein. Zumindest vorübergehend. Aber wenn sie sich verändert, und sei es nur für kurze Zeit, steht das meinen Bemühungen im Weg, sie dazu zu bringen, meine Liebe zu erwidern. Das ist eine sehr heikle Situation. Die durch geschlossene Vorhänge nicht einfacher wird. Also schreibe ich ihr, und da ich nicht weiß, ob und wann sie die Vorhänge öffnen und wieder schließen wird, klebe ich den Zettel ins Fenster und lasse ihn dort hängen:

– *Zieh sie aus*

Die Schule ist sehr anders ohne Maud. Mir war gar nicht bewusst, wie viel Zeit ich täglich darauf verwendet habe, ihr zu folgen und sie zu beobachten. Wenn ich in der Schule unterwegs bin, gehe ich immer automatisch in die Richtung, aus der sie kommen würde (ich habe ihren Stundenplan auswendig gelernt). Aber dann fällt mir ein, dass sie ja zu Hause ist, und ich werde erneut wütend wegen dieser Therapie. Ich überlege, ob ich mir auch eine Zeit lang freinehmen soll, aber ein wesentlicher Bestandteil meiner Strategie, unter dem Radar zu fliegen, ist, niemals Aufmerksamkeit auf mich zu ziehen, und wenn ich ein paar Tage nicht komme, wird das Fragen provozieren. Mum und Dad würden mir ebenfalls Fragen stellen, und ich ziehe es vor, ignoriert zu werden.

In der Schule wird nicht viel über Maud gesprochen. Ihre Frage an Mr Thornton hat sich in etwas verwandelt, das einem terroristischen Anschlag gleichkommt. Aber das war zu erwarten. Die Übersetzungen von *Der kleine Prinz* werden unter der Aufsicht eines Sportlehrers fortgesetzt, der Spanisch spricht. Irgendein Idiot hat Blumen um das Geländer gewickelt, von dem Stephanie Morcombe gestoßen wurde. Abgesehen davon ist wieder Normalität eingekehrt. Da sonst schon so nichtige Dinge wie verbotenes Haarefärben wochenlange heimliche Analysen und Lästereien nach sich ziehen, kommt es mir merkwürdig vor, dass das Thema Maud so schnell gestorben ist. Ich habe das Gefühl, dass die Lehrer es im Keim ersticken, weil Mr Thornton mit drinhängt. Sie halten zusammen. Ein betrunkener Französischlehrer erfordert offenbar noch nicht mal ein Infoblatt. Was wirklich schade ist. Das Infoblatt hätte ich mir aufgehoben.

21

Spra-che-der-Lie-be

Französisch ist eine romanische Sprache. Was aber nicht heißt, dass Franzosen immer gleich ganze Romane von sich geben. Das Wort »romanisch« kommt aus dem Vulgärlatein und bedeutet in etwa »sprechen wie die Römer«. Und »vulgär« heißt einfach »volkstümlich«. Wenn ich Französisch höre, höre ich derbe, urwüchsige Wörter aus den Mündern von derben, einfachen Leuten. Wörter, bei deren Aussprache sich der Mund richtig öffnet, im Gegensatz zu der vornehm tuenden, schmallippigen Art, in einem französischen Restaurant zu bestellen oder nach der Toilette zu fragen, so wie sie es uns in der Schule beibringen. Dad benutzt das Wort »vulgär« ziemlich oft, aber er meint damit nicht gute, einfache Menschen. Er sagt, Creepys Eltern seien vulgär, und glaubt, dass er sie damit als ungehobelt und ordinär bezeichnet. Er weiß nicht, dass ich eine Liebhaberin des Vulgären bin.

Mum und Dad mögen es nicht, wenn ich Französisch spreche. Vor allem jetzt. Nicht nur, weil sie fürchten, dass ich sie beschimpfe, sondern weil sie sich ausgegrenzt fühlen. So wie sie mich ansehen, wenn ich ihnen auf Französisch antworte, könnte man meinen, ich hätte mich einer Sekte angeschlossen. Nancy hält meinen Gebrauch fremder Sprachen für artifiziell und ein Mittel zum Zweck. Das ärgert mich, weil ich immer dachte, es wäre was Gutes, wenn man sprachbegabt ist, und ich bin nun mal so veranlagt. Das sage ich Nancy aber nicht. Ich glaube nämlich langsam, dass alles, was ich im Augenblick mache oder sage, als Aufsässigkeit interpretiert wird. Dabei bemühe ich mich doch kooperativ zu sein, sehr sogar.

Veranlagung oder Anlage. Mum nennt Toiletten gern »sanitäre Anlagen«. Wenn wir unterwegs sind, fragt sie nicht, wo die Toiletten sind, sondern sie erkundigt sich nach den »sanitären Anlagen«. Ich habe also eine Anlage und sie geht zu einer oder auf eine oder in eine hinein. Auch bei Omas Beerdigung hat sie nach den »Anlagen« gefragt und der Mann hat sie angeschaut, als hätte sie nach dem Weg zum Krematorium gefragt. Sie hat es zuerst noch einmal wiederholt, aber dann musste sie das Wort doch irgendwann aussprechen: *Toilette.* Sie hat es allerdings nicht laut gesagt, sie hat es geflüstert. Ich glaube nicht mal, dass sie versucht, vornehm zu sein. Sie mag das Wort *Toilette* einfach nicht. Wahrscheinlich weil es aus dem Französischen kommt. Es gibt eine Menge Wörter, die Mum nicht mag, und die meisten haben irgendwas mit mir zu tun. Jetzt hat sie Wörter in zwei Sprachen, bei denen sie sich innerlich winden kann.

Ich habe früh gelernt, dass man aufpassen muss, was man sagt. Und was man schreibt. Sprache hat wenig Romantisches. Niemand kommuniziert wirklich über Sprache. Und ich dachte mir, wenn mir in meiner Muttersprache schon niemand zuhört, können sie mich genauso gut auf Französisch ignorieren. Wie hätte ich denn wissen sollen, dass die andere Sprache alle genauso gegen mich aufbringt wie mein Schweigen? Das macht mich traurig. Ich bin nicht besonders stark. Jetzt wird mir meine Romanze mit dieser romanischen Sprache gründlich ausgetrieben, aber zumindest sieht Mum dann nicht mehr so verhärmt aus. Ich werde mit Fäustlingen in die Schule zurückkehren und die Heldin meines eigenen Lebens sein. Ich werde unglücklich sein, aber das ist okay. Denn Not macht erfinderisch. Mir wird schon einfallen, wie ich meine Romanze im Verborgenen weiterführen kann.

Es gibt überall verborgene Romanzen. Ich sehe die kleinen Liebesabenteuer, in die andere Menschen verstrickt sind, sogar die, von denen sie selbst nichts wissen. Creepy findet es toll, dass ich eine Schwäche für meine Haare habe. Seine Mum hat den Alkohol ins Herz geschlossen und ihren Mann, auch wenn beide nichts davon merken. Meine Eltern lieben die Tochter, die Nancy aus dem Wrack, das ich bin, heraus pressen soll. Heimliche, verschleierte Geschichten, die wir freiwillig niemals jemand offenbaren würden, so still, dass sie laut in den Ohren rauschen. Ähnlich einer Braut, die ihrem Vater in letzter Minute ins Ohr zischt: »Ich hab's mir anders überlegt!« Natürlich lässt sie sich trotzdem zum Altar führen, weil die Caterer schon das Hühnchen warm machen.

Wenn ich zurück in die Schule komme, muss ich in einen Lese-Förderkurs. Ziemlich romantisch. Eigentlich schade, dass er nicht im Verborgenen stattfindet. Aber ich habe eingewilligt; man könnte also sagen, mein Hühnchen wird schon aufgewärmt. Sie hätten mich so oder so in diesen Kurs gesteckt, ob ich nun eingewilligt hätte oder nicht, aber meine Zustimmung wurde allgemein begrüßt und als Fortschritt gewertet. Ich glaube nicht, dass ich da was lernen werde. Der Kurs wird von einer Englischlehrerin geleitet, die mich mal als faul und planlos beschimpft hat. Und sie hat es nicht nur gesagt, sie hat es mir auch ins Zeugnis geschrieben. Ihr Name ist Ms Tryst, und sie hat geschrieben: »Hat Potenzial, das zu nutzen sie sich jedoch weigert. Steht sich mit ihrer Faulheit und Planlosigkeit selbst im Weg.« Das war gemein. Einmal hat sie ein Gedicht an die Tafel geschrieben und uns aufgefordert, die darin enthaltenen Anspielungen auf andere literarische Werke zu benennen und kritisch zu bewerten. Kritisch bewerten – so redet die. Sie wollte, dass wir das Gedicht dekonstruieren. Es war von John Donne. Ich hab es nicht verstanden. Ich meine, ich konnte zwar die einzelnen Wörter lesen, aber kaum dass sie in meinem Kopf waren, haben sie sich irgendwohin verkrochen. Also hab ich mir die Zeit damit vertrieben, Ms Tryst zu zeichnen. Zur Strafe musste ich nachsitzen. Und mir gefallen lassen, dass sie mich vor allen als faul und planlos beschimpft hat. Und es dann noch dick und fett in mein Zeugnis geschrieben hat. Als ich an dem Tag nach Hause kam, wartete ein Zettel am Fenster auf mich. Darauf stand:

– *Niemand ist eine Insel*

Ich hab meine Hand an die Scheibe gelegt und war traurig.

Ich würde lieber nachsitzen, als diese Leseförderung zu machen. Der Förderkurs wird bestimmt genauso wie Nachsitzen, nur obendrein noch demütigend. Gut, dass Demütigung ein wichtiger Bestandteil von Romanzen ist. Die Zeichnung von Ms Tryst war gut. Aber Ms Tryst war trotzdem sauer. Der Förderkurs findet während der Unterrichtszeit statt. Damit ich daran teilnehmen kann, fällt für mich eine Stunde Sport aus. Ist mir recht; ich suche eh immer einen Grund, mich vor dem Sportunterricht zu drücken. Ich nehme an, sie können die Leseförderung nicht auf die Zeit nach dem Unterricht verschieben, weil sie sich dann gegebenenfalls mit dem Nachsitzen überschneiden würde. Aber vorläufig bin ich noch suspendiert, mir selbst überlassen, ohne Halt. Eine Insel.

Niemand ist eine Insel. Klingt romantisch, stimmt aber nicht. Selbst wenn Inseln zusammenprallen, reiben sie sich nur ächzend aneinander, bevor sie wieder voneinander wegdriften. Wenn sie doch mal für eine Weile aneinander haften bleiben, dann nur, um Druck auf den feinen Riss zwischen ihnen auszuüben. Dass einer auf das Gebiet des anderen überwechselt, kommt nicht vor. Nicht mal für einen Besuch. Wir schreien einfach über die trennenden Gräben hinweg. Wichtig ist nur, dass wir uns ständig gegenseitig vorspielen, es wäre anders.

Ich spiele Nancy etwas vor, damit sie Mum und Dad vorspielen kann, dass sie ihnen nichts vorspielt, wenn sie ihnen einen Zwischenbericht liefert. Mum und Dad spielen allen vor, dass sie ihn ermutigend finden. Die Schule spielt Interesse vor und verspricht ihnen, mich wieder aufzunehmen, falls all das Vorgespielte von Dauer sei. Die ganze Situation ist ein einziger großer Förderkurs. Ich dachte eigentlich immer, was man mit seinem Arzt oder Priester bespricht, sei vertraulich. Aber das gibt es wohl nur im Fernsehen. Psychiater, Geistlicher, Lehrer, Mutter, Vater. Insel.

Ein paar Stunden später habe ich einen Zettel ins Fenster gehängt. Darauf stand:

– ICH BIN EINE INSEL

Creepy hat ihn lange Zeit einfach nur angeschaut; er hatte die Ellbogen auf seinen Schreibtisch gestützt und seine langen Finger sahen sonnig und schlank aus. Ich hab nicht gewartet, bis er antwortet, sondern meine Vorhänge zugezogen, mich umgedreht und mir einen Drink aus dem Puppenhaus genehmigt.

Ich frage mich, wie wohl alles gelaufen wäre, wenn *ich* vom Balkon gestoßen worden wäre. Vielleicht hätte das niemanden groß interessiert. Ich hab das Geschehen an diesem Tag aus dem Inneren meines Kopfes erlebt: Ich sah ihre zu Fratzen werdenden Gesichter mit Mündern wie große, nass glänzende Höhlen und ich hörte Stimmen wie von weit her, verzerrte, bedrohliche Vokale, die sich immer länger und länger über die Distanz spannten, bis sie mit einem Knall wieder zurückschnappten. Mr Thornton wurde getröstet, Stephanie wurde getröstet, Leute, die zufällig vorbeikamen, wurden getröstet – und ich wurde behandelt wie eine Gorgone. Die Leute haben mich nicht mal angeschaut.

Er will, dass ich meine Fäustlinge wieder ausziehe. Ich habe sie nicht abgelegt, seit ich vom Unterricht suspendiert wurde. Das wird eine neue Intimität zwischen uns schaffen.

Coda: Unser Geheimnis – gut verschleierte Geschichten in Fragmenten, die doch ein Ganzes bilden.

22

Und da Ihr wißt, daß Ihr durch Widerschein
Euch seh'n könnt, laßt mich Euer Spiegel sein,
Und ganz bescheiden will ich zeigen Euch
das von Euch selbst, was Ihr noch selbst nicht kennt.

William Shakespeare: Julius Caesar (ca. 1599)

Es stimmt gar nicht, dass die Viktorianer aus Sittlichkeitsgründen ihre Stuhl- und Tischbeine verhüllt haben. Ich war enttäuscht, als ich das erfuhr. Mir gefällt die Vorstellung nämlich. All diese üppigen Weinranken und Blumenornamente aus sinnlichem dunklem Holz, die sich schön wie Körperhaar in die kleinen Körperöffnungen in der Tischlerarbeit winden. Und all das gebeizt und eingeölt, bis es glänzt, als läge eine feine Schweißschicht darauf. Wirklich ziemlich schlüpfrig. Kein Wunder, dass die Konvention verlangte, dass man diese Dinge verhüllte. Nur, dass es ja gar nicht so war. Das ist ein Mythos. Aber weil ich das eigentlich gar nicht wissen will, halte ich den Mythos aufrecht. Wie viel schöner ist es doch, sich vorzustellen, wie man förmlich vor Erwartung bebend den Saum einer Tischdecke hebt, um ein bisschen Firnis zu befingern. Aus demselben Grund müssen Nonnen Ordenstrachten tragen und viele Musliminnen Burkas und Frauen der Brüdergemeinde Kopftücher und meine Schule schreibt die Länge unserer Strümpfe vor. Damit die unzüchtigen Stellen bedeckt sind.

Ich hab gelesen, Katharina die Große hätte ein ganzes Kabinett voll unanständiger Möbel gehabt, die zu verhüllen sie sich nicht die Mühe machte. Ihr Tisch ließ an Deutlichkeit nichts zu wünschen übrig – die unzüchtigen Stellen waren gut sichtbar eingearbeitet. Ich schätze, sie fand langsames Enthüllen nicht so aufregend.

Maud zieht heute ihre Fäustlinge für mich aus. Sie sitzt an dem kleinen Tisch vor ihrem Fenster und zupft sie ganz langsam von ihren Händen, und ja, ich fühle mich, als würde ich unter ein Tischtuch spähen. Ich weiß, dass sie es für mich tut. Sie zieht jeweils ganz oben an der Spitze, so dass das Bündchen nur schwer über ihren Handballen rutscht. Zuerst gibt der Handschuh den Blick auf den knubbligen kleinen Knochen auf der Innenseite ihres Handgelenks frei, dann folgt das dicke Polster unterhalb des Daumens, das aus straffer Muskulatur besteht. Und schließlich gleitet die Stoffhülle rasch über den Rest der Hand. Mauds Fäustlinge sind nicht aus grober Wolle, wie Leute sie tragen, wenn es sehr kalt ist, sondern aus dünner grauer Baumwolle – so wie die Handschuhe, die Archivare in Bibliotheken tragen. Wahrscheinlich atmen sie leise, wenn sie sie auszieht. Wie ein *Shhhh.* Ich habe mal solche Archiv-Handschuhe angehabt; sie fühlen sich ziemlich angenehm an. Und sie atmen leise, wenn man sie auszieht.

Als die Fäustlinge ausgezogen sind, lässt Maud ihre Finger ein bisschen durch die Luft flattern. Dann bindet sie ihre Haare rasch zu einem Pferdeschwanz zusammen. Das enttäuscht mich; ich habe sie noch nie mit zusammengebundenen Haaren gesehen. Sie hat noch nicht mal eine Bürste benutzt, damit sie glatt anliegen, sondern sie einfach im Nacken gebündelt und ein Gummiband darumgewunden. Jetzt sehen sie auf ihrer hellen Kopfhaut wie Cornrows aus und es sind einige großflächige kahle Stellen sichtbar geworden. Irgendwie habe ich das Gefühl, dass meine Pläne durchkreuzt werden. Wir haben so schön angefangen, und dann kommt dieser Pferdeschwanz ins Spiel. Es ist so, als könnte ich sie plötzlich nicht mehr sehen. Oder vielmehr so, als würde sie mir nicht mehr erlauben, sie zu sehen.

Erst denke ich, dass sie mir etwas auf einen Zettel schreibt, aber als nichts im Fenster erscheint, begreife ich, dass sie wohl zeichnet. Dann sind also die Malutensilien wieder da? Als Belohnung für Fäustlinge und Pferdeschwanz? Dieses Gezeichne ist auch ein bisschen lästig. Da ich sie bis jetzt immer ganz schön unterstützt habe, habe ich das Gefühl, auch eine Form von Belohnung für Fäustlinge und Pferdeschwanz verdient zu haben. Ich möchte wissen, wann sie wieder zur Schule kommt. Und ich möchte, dass sie für mich reißt.

Wann hören wir auf, einander zu erkennen? Maud dabei zuzuschauen, wie sie mit zusammengebundenen Haaren zeichnet, ist so, als würde ich sie durch eine Festungsmauer sehen. Es ist nicht ihre Schuld; sie ist gegen ihren Willen den Hang hinaufgeschleift worden. Trotzdem merke ich, dass ich ungeduldig mit ihr bin. Sie ist nicht sie selbst. Wenn das so weitergeht, wird das bisschen, das noch von ihr sichtbar ist, nach und nach von dieser Fäustlings-Kreatur mit Pferdeschwanz verschluckt werden. Meine Liebe ist nicht gewillt, das hinzunehmen. Also mache ich das einzig

Sinnvolle. Ich lege das Fernglas weg und gehe dazu über, mir selbst Haare auszureißen.

Sie hört sofort auf zu zeichnen, als sie das sieht. Ich kann ihre Augen nicht so richtig deutlich erkennen, weshalb ich das Fernglas mit der einen Hand wieder hochhebe, während ich mit der anderen weiterreiße. (Falls diese Beziehung hält, werde ich in ein leichteres Fernglas investieren müssen.) Jetzt, wo ich sie richtig sehen kann, werde ich mit einem Mal sehr traurig. Sie sieht verändert aus. Wie lange ist sie jetzt schon suspendiert? Eine Woche? Eine Woche mit therapeutischer Vollzeit-Intervention, jetzt, wo die Schule keinen Einfluss mehr hat? Sie sieht wie ausgelöscht aus. Ein anderes Wort fällt mir dazu nicht ein, und ich kenne eine Menge Wörter. *Auslöschen* (transitives Verb): etwas Brennendes zum Verlöschen bringen, vernichten. Kennt ihr das, dass euer Blick wandert, wenn ihr etwas lange genug angestarrt habt? Ich ertappe mich dabei, wie ich oben auf ihren Kopf blicke, weil ihr Gesicht einfach ein zu schrecklicher Anblick ist. Das Gute ist, dass das Reißen weniger wehtut, wenn ich dabei an etwas anderes denke.

Ich bin nicht verrückt. Ich werde mir das Reißen nicht angewöhnen, damit wir uns näher sein können. Das war einfach nur eine impulsive Aktion von mir, und ich fange jetzt schon an, sie zu bereuen. Außerdem ist es echt schwer, kurze Haare auszureißen. Daran hat man nicht genügend Halt. Ich wollte schon immer lange Haare haben, aber ich möchte auch die vorgeschriebene Haarlänge einhalten. Konformität ist Unsichtbarkeit. Begreift Maud das nicht? Wenn sie sich konform verhält, wird sie unsichtbar. Zu klein, um gesehen zu werden. Sie schrumpft bereits.

Ich denke schon, sie zeichnet wieder, als sie schließlich doch noch auf mich reagiert:

– WARUM MACHST DU DAS?

Meine Antwort hatte ich mir schon zurechtgelegt:

– *Warum machst du es?*

Ich muss zugeben, dass mir eigentlich egal ist, warum sie es tut. Jemanden zu fragen, warum er irgendetwas macht, ist Zeitverschwendung. Die Leute haben keine Gründe. Wir glauben zwar, welche zu haben, aber wir haben keine. Wie oft war ich in der Schule schon dabei, wenn ein Lehrer irgendwen gefragt hat, warum er das und das macht? Als würde es etwas oder gar alles verändern, wenn man dieses Geheimnis lüftet. Das Problem liegt schon in der Annahme, es müsse immer einen Grund geben. Selbst wenn jemand einen Grund nennt, ist er erlogen. Doch das ist dann in Ordnung, weil die Lüge akzeptiert wird und alle, indem sie einander etwas vorspielen, weitermachen können wie immer.

Ich weiß, dass Maud sich einen Grund einfallen lassen wird. Wahrscheinlich wird in der Therapie dauernd von ihr verlangt, dass sie Gründe liefert. Es müssen ja nicht die wahren Gründe sein, nur welche, die hinreichend wahr klingen. Welche, die für andere griffig genug sind, die ihnen einen Anhaltspunkt liefern, die ihnen den richtigen Feuerlöscher an die Hand geben. Unser Religionslehrer beharrt darauf, dass die Ermittlung von Gründen das A und O ist, wenn es darum geht, anderen verantwortliches Handeln einzuimpfen. Außerdem sind Gründe so ein toller Trost für alle. Wahrscheinlich wird Maud gezwungen, all die Leute zu trösten, die eigentlich sie trösten sollten. Meine arme Maud.

Sie lässt sich viel Zeit für ihre Antwort. Bekommt sie auch Medikamente verabreicht? Verdammt! Vielleicht hat diese schreckliche Fratze, die sie neuerdings zur Schau trägt, ja weniger mit einem Pferdeschwanz und mehr mit Valium zu tun? Geben sie schon Minderjährigen Valium? Maud wirkt verlangsamt. Wie Mr Thornton nach dem Morgentee. Als sie antwortet, liefert sie mir keinen Grund, sondern sagt:

– ICH MACHE ES NICHT MEHR

Schön für sie. Das ist natürlich gelogen, aber das ist schon okay. Ich beschließe, ihr zu helfen:

– *Es gibt dir das Gefühl, lebendig zu sein.*

Und im Augenblick siehst du nicht mal lebendig aus, weshalb ich vermute, dass du dich auch nicht besonders munter fühlst. Tatsächlich siehst du einigermaßen suspekt aus. Die längeren Fingernägel sind ja ganz schön, aber du hast ja jetzt schon einen davon im Mund! Wenn du nicht aufpasst, verwandelt sich deine ganze kapriziöse Schönheit in eine rehabilitierte Banalität. Du wirst verwässert, geschmälert, geschoren. Integrität lebt von Doppelzüngigkeit. Kaust du jetzt an deiner Nagelhaut herum?

Natürlich schreibe ich das alles nicht. Das brauche ich auch gar nicht. Maud zieht das Gummiband aus ihren Haaren und schüttelt ihre Mähne aus. Dann fängt sie wieder an zu zeichnen. Und schon nach wenigen Minuten spitzt sie die Lippen, um ausgerissene Haare von ihrem Blatt zu pusten. Ihr Gesicht kehrt langsam zurück.

23

»Weißt du, warum die Schwalben ihr Nest über dem Fenster bauen?«, fragte Peter. »Damit sie Geschichten hören.«

J. M. Barrie: Peter Pan (1904)

Kurz nachdem unübersehbar geworden ist, dass Maud ihre Fesseln abgestreift hat und sich weiter Haare ausreißt, überwacht Mauds Mum die Anbringung von rosaroten Jalousien an Mauds Fenster. Man sollte meinen, dass sie mich verdächtigen, irgendwas damit zu tun zu haben. Sie zieht die *Thomas, die kleine Lokomotive*-Vorhänge von der Stange, rollt sie zu einer Kugel zusammen und stopft sie in einen grünen Müllsack. Dieses Zusammenrollen geschieht mit einer Wälzdiewalz-Armbewegung, wie man sie am häufigsten bei alten Leuten sieht, wenn sie tanzen: Die Unterarme kreisen dabei umeinander wie rotierende Walzen. Allerdings sieht Mauds Mum mitnichten so aus, als würde sie tanzen. Vielmehr haben ihre Gesten etwas aggressiv Sparsames und Kantiges; bestimmt machen sie schnalzende Geräusche wie Peitschenhiebe.

Man kann wohl davon ausgehen, dass Mauds Mum sauer ist.

Ich kriege nie viel von Mauds Mum mit. Als ich sie das letzte Mal gesehen habe, saß sie schluchzend auf der Treppe vor dem Haus. In Mauds Zimmer habe ich sie definitiv noch nie gesehen. Umso überraschter und besorgter bin ich nun wegen dieser Sache mit den Vorhängen. Maud sitzt gefäustlingt und gepferdeschwanzt auf ihrem Bett; sie sieht nervös, aber resigniert aus. Ich halte mich etwas vom Fenster entfernt, wo es dunkler ist, und beobachte sie. Ich möchte nicht, dass Mauds Mum mich erspäht und erschrickt. Nachher mischt sie noch die ganze Meute auf. Sie wirft sowieso schon dauernd schnelle Blicke hier rüber. Natürlich hat sie uns auf dem Kieker. Entweder das, oder sie hat einen seltenen Tick. Vielleicht ist auch Eifersucht im Spiel. Jalousie ist ja nicht umsonst das französische Wort für Eifersucht.

Sobald die Jalousien aufgehängt sind, werden sie heruntergelassen. Das ist merkwürdig. Selbst wenn die *Thomas, die kleine Lokomotive*-Vorhänge zugezogen waren, konnte ich etwas sehen: die Kanten stießen nicht unmittelbar aneinander und Mauds Silhouette war hinter dem dünnen Stoff zumindest zu erahnen. Diese Jalousien springen zu, als säßen Federn darin, und plötzlich kommuniziere ich mit einer soliden rosaroten Fläche, die so respekteinflößend ist wie ein Eisfeld. Ich suche sie nach Ritzen ab. Inzwischen klebe ich an meinem Fenster. Ich stoße dauernd mit dem Fernglas an die Scheibe und lädiere mir den Nasenrücken. Selbst wenn die Jalousien genau in den Fensterausschnitt eingepasst wurden, muss es doch eine kleine Lücke am Rand geben, damit man das verdammte Ding überhaupt rauf- und runterziehen kann. Aber da ist nichts; offensichtlich reichen die Lamellen direkt bis an die Wand. Genauso gut hätten sie Maud einmauern können.

Es gibt wissenschaftliche Untersuchungen zum Thema sensorische Deprivation. Die Ergebnisse gehen interessanterweise in zwei Richtungen. Eine Zeit lang soll sie eine ganz entspannende Wirkung haben, aber wenn man einem Menschen die sensorischen Reize zu lange entzieht, treibt man ihn in Angstzustände und Depressionen. Und von da ist es dann nur noch ein Katzensprung zu dissozialem Verhalten und Halluzinationen. Ich finde diesen Zustand schon nach fünf Minuten unerträglich. Aber es ist nicht der unmittelbare Effekt, der mir unerträglich ist, sondern die Befürchtung, dass er unendlich lange anhalten wird. Meine Lunge pfeift und meine Zehen krümmen sich (das passiert manchmal, wenn ich nervös bin), und ich spüre, wie ich immer wütender und wütender werde. Alles, was ich an anderen Leuten verabscheue, ballt sich in mir zu einem dicken Knoten zusammen. Liebe verwandelt sich in Wut. Und ich habe es nicht mal kommen sehen. In diesem Moment hasse ich Maud ebenso sehr, wie ich sie liebe. Und all das wegen rosaroter Jalousien. (Ihr Rosarot hat einen Stich ins Orange; vielleicht hat es auch damit zu tun.)

Mir kommt der Gedanke, dass die Jalousien Teil eines größeren Renovierungsprojekts sein könnten. Ich werfe einen prüfenden Blick durch die anderen Fenster des Hauses, sehe jedoch keine Anzeichen für weitere Maßnahmen. Und es sind auch keine leeren Farbeimer zu sehen, als der Müll rausgestellt wird. Ich kann keinerlei Aktivitäten erkennen, die auf geplante Veränderungen hinweisen. Ich sehe überhaupt nichts. Ich habe mal gelesen, dass, wenn Menschen ihre Sehkraft verlieren, die anderen Sinne plötzlich schärfer sind als vorher, um den Verlust zu kompensieren. Bei mir ist das anders. Ich sehe nichts. Ich höre nichts.

Und ich kann nicht sprechen. Also beschließe ich, auf andere Weise zu kompensieren.

Ich weiß nicht mehr genau, wie ich von »Ich liebe Maud und hasse sie« auf »Ich hol mir die Katze« gekommen bin. Aber Liebe ist eben weder rational noch plausibel noch logisch. Sie ist ein Vogelnest aus Kapillargefäßen und Nervenbahnen und fragwürdigen Entscheidungen. Mir geht es nicht darum, Maud wehzutun. Das möchte ich nicht, ganz egal, wie sehr sie mir wehtut. Übrigens glaube ich ohnehin nicht, dass Sylvia ihr besonders viel bedeutet. Aber Mauds Eltern bedeutet sie viel. Aus vollkommen verschiedenen Gründen natürlich. Mauds Mum füttert die Katze, ergo liebt sie sie. Limo-Li tritt die Katze, ergo hasst er sie. Ich schlage also zwei Fliegen mit einer Klappe. Sylvia zu fassen zu kriegen ist ziemlich einfach. Sie läuft gern auf dem Zaun entlang, immer hin und her, und späht dabei zu dem kleinen Nest unter dem Dachvorsprung oberhalb von Mauds Zimmer hoch. In dem Nest sitzt ein Vogel, bloß ein kleiner, und ich nehme an, dass auch Eier darin liegen. Kann man solche Eier essen? Ich weiß, dass man Hühnereier und Enteneier und Wachteleier essen kann. Aber wie sieht es mit Schwalbeneiern aus? Oder Stareneiern? Ich glaube, heutzutage kann man sein Dach sogar vogelsicher machen lassen. Vögel übertragen nämlich Läuse. Und dagegen möchte man sich wohl irgendwie absichern.

Ich beobachte, wie Sylvia Ewigkeiten auf dem Zaun hin und her schleicht, und schmiede einen Plan. Ich weiß nicht viel über Katzen, aber ich ahne, dass dieses Exemplar, das regelmäßig getreten wird, nicht gerade zutraulich sein wird. Der beste Köder ist bestimmt Futter. Aber ist Hundefutter, verglichen mit einem Vogelnest, verlockend genug? Ich werde nicht losziehen und Katzenfutter kaufen. Hundefutter muss reichen.

Ich gebe einige Löffel Tucker Time auf einen Unterteller, aber das ist ein Fehler. Dobie Squires kommt, durch das Öffnen der Kühlschranktür oder durch den Geruch oder beides angelockt, in die Küche gestürmt. Er fängt an zu wiehern und um meine Beine herumzuspringen, und all meine Abwiegelungsversuche und Flüche scheinen ihn nur noch mehr anzustacheln. Wenn das so weitergeht, werden die anderen über kurz oder lang auf mich aufmerksam. Ich verfalle einen Augenblick lang in Schockstarre wie ein Reh im Scheinwerferlicht, dann fällt mir die Leber ein.

Dad kauft ganze Lebern, brät sie und schneidet sie dann in kleine Häppchen, als Leckerlis für Dobie

Squires. Er sagt, das sei billiger und außerdem besser für den Hund. Meine größte Angst war immer, Mum könnte darauf kommen, dass Leber noch billiger als Wurst ist, so dass wir am Ende auch alle Leber auf den Teller kriegen. Katzen mögen Leber mit Sicherheit lieber als Hundefutter. Also stibitze ich ein paar Häppchen aus dem Kühlschrank und stelle den Unterteller mit dem normalen Hundefutter auf den Küchenboden. Dobie Squires schlittert mit dem Gesicht voraus in den Unterteller und lässt sich gerade lange genug ablenken, um mir die Gelegenheit zu geben, aus der Hintertür nach draußen zu hechten.

Ich habe noch nie so richtig wahrgenommen, wie hässlich diese Katze eigentlich ist, bis ich sie von nahem sehe. Sie ist ein Bündel aus Knochen und Haut, die so schlaff und faltig herunterhängt wie nass gewordenes Origami-Papier. Sie hat etwas Durchscheinendes. Ich kann ihren Puls sehen. Verstohlen schleiche ich mich an. Das ist ein tolles Wort: *verstohlen.* Listig, hinterhältig, heimlich. Ich beschließe, es in meinem *Collins Australian Dictionary (mit Internetlinks und CD-ROM)* nachzuschlagen, sobald ich wieder in meinem Zimmer bin, weil ich wissen will, woher das Wort kommt. Sylvia sitzt, den Schwanz in der Senkrechten, auf dem Zaun; ihr Hintern hängt schlaff über den Rand. Ich halte ihr mit zwei Fingern ein Stück Leber hin. Sie erhebt sich und macht einen Buckel, dann reckt sie den Hals und begafft neugierig meine Finger. Leckt. Leckt noch mal. Ich gehe einen Schritt näher ran. Dann noch einen. Dann packe ich sie.

Mir dämmert gleich, dass ich ihr, wo ich doch zwei Leberhäppchen hatte, erst mal nur eins hätte geben sollen. Um ihr Vertrauen zu gewinnen. Danach hätte ich sie dann mit dem zweiten Häppchen in meine Arme locken können. Und noch im selben Moment, als ich sie ergreife, besteht kein Zweifel mehr, dass es ein Fehler war, so draufzugehen. Denn plötzlich ist Sylvia ein Bündel aus Zähnen, Krallen und Schreien. Ich habe sie an einem Stück loser Haut direkt am Nacken gepackt, was ihren Beinen die Freiheit lässt, rundzulaufen wie ein Keilriemen. Ihre Krallen schießen heraus wie Teppichmesser – ich bin zu diesem Zeitpunkt schon so voll Adrenalin, dass ich das Ausmaß meiner Verletzungen gar nicht registriere. Was mir am meisten Angst macht, ist der Lärm. Den hört garantiert jemand, aber ich kann absolut nichts dagegen tun, weshalb ich beschließe, mich so schnell wie möglich dünnzumachen. Mit vorgestreckten Armen und keuchend wie ein Marathonläufer stürze ich ins

Haus und die Treppe hoch, während Dobie Squires mit einer Hysterie hinter mir herflitzt, die er sich sonst für Dads *Zeixier*-Momente aufspart. Oben angekommen schlage ich die Tür hinter mir zu und schleudere Sylvia durchs Zimmer, wobei mir der Gedanke durch den Kopf schießt, dass ich sie, falls ich sie damit umbringe, ohne das kleinste bisschen Reue einfach im Garten verscharren werde. Mir die Katze holen. Was für eine scheißblöde Idee.

Ich habe sie nicht umgebracht. Sie huscht unter mein Bett und verkriecht sich in die hinterste Ecke. Ich muss mich auf alle viere herablassen, um sie sehen zu können. Ihre Augen sind weit aufgerissen und sie atmet mit offenem Maul. Ich habe noch nie zuvor eine Katze gesehen, die derart hechelt. Das ist mehr als Angst. Das ist posttraumatischer Stress. Ich versuche ihr gut zuzureden (»Sylvia, miez, miez, miez«), aber sie kennt ihren eigenen Namen nicht mehr. Jetzt, wo meine eigene Panik nachlässt, werden mir allmählich die Kratzer und Bisswunden bewusst, die auf meinen Unterarmen ihre Pracht entfalten. Sieht hübsch aus, wie sich das Blut darin sammelt. Übertragen Katzen eigentlich Krankheiten? Was, wenn Sylvia einen von den verlausten Vögeln gefressen hat, die unter dem Dachvorsprung nisten? Plötzlich komme ich mir ziemlich dumm vor. Und ich bin wütend. Aber ich lasse sie erst mal unter dem Bett sitzen. Ich werde auf absehbare Zeit nicht ohne Wundcreme und lange Ärmel auskommen. Die einzige Hoffnung, die mir bleibt, ist, dass Katzen auch das Stockholmsyndrom bekommen können.

24

Als-ver-misst-ge-führt

Mum sucht sie überall. Sie ruft und ruft und ruft nach ihr. Ihr Name geht mir noch stundenlang, selbst als Mum schon längst im Bett ist, im Kopf herum: Sylvi-*aah*. Sylvi-*aah*. Dad versucht Mum zu trösten, obwohl er die Katze gar nicht so gut leiden kann, denn er kann es auch nicht leiden, wenn Mum die Fassung verliert. Außerdem hat Sylvia viel Geld gekostet, glaube ich. Ich mag die Katze. Ich mag es, wie geschmeidig sie ist. Nicht nur ihre Haut ist geschmeidig, sondern auch die Art, wie sie sich bewegt und sich putzt, und sogar ihr Schnurren. Aber vor allem mag ich ihre Haut. Sie sieht aus wie Leder, fühlt sich aber an wie Talkpulver.

Ich glaube, ich weiß, was mit ihr passiert ist. Vielleicht stimmt es auch gar nicht. Wahrscheinlich ist sie einfach überfahren worden. Aber ich habe da so einen

Verdacht. *Ein-lei-ser-Ver-dacht.* Ich habe Nancy nie erzählt, dass ich auf Fünfsilber stehe. Meine Mittel zur Selbsttröstung, wie sie sie nennt, haben ja alle schon genug in Sorge versetzt. Und ich muss auch was für mich behalten. *Mit-tel-zur-Selbst-trös-tung.* Das hat sechs Silben. Als sie es dreimal sagt, denke ich: sechs-sechs-sechs. Die Zahl des Tieres. Sie hat die Seiten gewechselt. Sie sagt es nicht dreimal laut, aber ich weiß, dass sie es still für sich sagt. Das erkenne ich an der Art, wie sie mich ansieht.

Ich hoffe, Sylvia geht es gut da, wo sie jetzt ist. Dass sie sich mit der Zeit dort wie zu Hause fühlt und uns vergisst.

Und ich hoffe, dass Mum es niemals herausfindet. Es würde ihr wehtun, wenn sie herausfände, dass Sylvia ohne sie überleben kann, und das auch noch gut. Ich glaube, sie ist so mitgenommen, weil es für sie insgeheim schon ausgemacht ist, dass Sylvia tot irgendwo liegt, und tot ist in Ordnung. Der Tod regelt die Dinge auf saubere Art, und Mum kann trauern. Wenn sie nur eine Sekunde glauben würde, dass Sylvia noch lebt und es anderswo gut hat, würde sie anfangen, sich selbst die Haare auszureißen. Lieber tot als ohne mich glücklich. Es ist natürlich nur eine Vermutung von mir, dass Sylvia noch lebt. Er könnte sie inzwischen auch im Garten hinter dem Haus verscharrt haben; was weiß ich denn.

Vom Unterricht suspendiert zu sein ist langweilig. Klingt zwar gut, ist es aber nicht. Nicht, wenn es nichts anderes zu tun gibt. Ich werde *als-ver-misst-ge-führt*, wie Sylvi-*aah*. Ich glaube, sie glauben, wenn ich nichts anderes zu tun habe, bin ich gezwungen, über mich selbst nachzudenken. Aber ich bin unsicher, was das Thema Seelenleben angeht. Es gibt Dinge, die da einfach so versacken. Ich kann denken und denken und das einzige Ergebnis ist, dass ich am Ende unfähig bin, irgendeine Entscheidung zu treffen. Das Denken wird zum Selbstzweck und das Ergebnis, das ich durch das Denken eigentlich erzielen sollte, tritt völlig in den Hintergrund. Also sitze ich zu Tode gelangweilt da und das verordnete Denken führt ebenso wenig zu einem Ende wie zu einem Ergebnis. Irgendwie absurd.

Vielleicht heißt es »sich zu Tode langweilen«, weil man innen drin ganz leblos wird und austrocknet. Du bist hier. Dein Ziel ist da. Jetzt mach deinem Hirn Beine und lauf los. Es ist ein langer Weg, aber wir sind alle hier, um dir zu helfen, indem wir jede Ablenkung von dir fernhalten. Und wenn es auch nur so aussieht, als wärst du in Versuchung, dich abzulenken, nehmen wir dir deine Finger weg und deine Zeichenkohle. Wenn du auf dem Weg zur akzeptierten Weisheit irgendwo stehen bleibst, geben wir dir eine Pille, die dich innen drin leblos macht und dich austrocknet, und dein Hirn wird ächzen, weil es Flüssigkeit braucht, aber nur wenn wir dich wahrhaft zu Tode langweilen, wird es dir besser gehen. Können wir dir zu einem besseren Leben verhelfen.

Als Kyle Sully nach seiner Suspendierung zurück in die Schule kam, war er zu einer Art Legende geworden. Die Menge teilte sich für ihn, seine Kumpels schüttelten ihm die Hand und die Mädchen belagerten ihn wie einen Rockstar. Er war suspendiert worden, weil er Owen Liddells Brotdose angezündet hatte. Owen war darüber in Tränen ausgebrochen. Ich glaube nicht, dass Kyle überhaupt nennenswerte Flammen zu Stande bekommen hat; es war eher ein stinkender Schwelbrand. Seine Eltern haben ihn mit einem Furor verteidigt, der alle irritiert hat, selbst seine Fans; vor allem wenn man bedenkt, dass er ein Jahr vorher einen Hibiskus im Vorgarten der Eltern angezündet hatte. Mr and Mrs Sully kamen zu einer Besprechung in die Schule, über die ich gut informiert bin, weil Bec vor dem Besprechungszimmer gesessen und auf ihre eigene Interventionsbesprechung gewartet hat, nachdem sie alle Whiteboard-Marker geklaut hatte, die sie in die Finger bekam. So nennen sie das – Intervention. Jedenfalls hat Bec gehört, wie Mrs Sully *Sie haben keinerlei Beweise, Sir* geschrien hat, *Sie haben keinerlei Beweise, Sir*, immer und immer wieder, als wäre das ein Zauberspruch, mit dem sie sie alle – Simsalabim – von dort weghexen könnte, weit weg von dieser Schmach. Kyle wurde beim Surfen gesehen, während er suspendiert war.

Wenn jemand während seiner Suspendierung den Schulkaplan nötig gehabt hätte, dann Kyle. Dieser Junge braucht einen Seelsorger. Aber ich habe ihn aufs Auge gedrückt bekommen. Meine Eltern saßen einfach eingeschüchtert und peinlich berührt da, während Mike (der Kaplan lässt sich von uns allen duzen, weil er glaubt, dass ihn das zu einem von uns macht) irgendwas von wegen *Braucht-drin-gend-Hil-fe* faselte, und das im Flüsterton, als wäre er in einem Krankenzimmer. Während meine Suspendierung beschlossen wurde, spürte ich, wie ich – meines einzigen Halts beraubt – langsam an die Decke hochschwebte. Dort hockte ich dann wie ein dicker Vogel am Rand des Nichts. Ich konnte auf mich selbst hinabschauen und die Luft schmeckte salzig. Ich konnte sehen, wie Mum und Dad getröstet wurden (Mike berührte Mum sanft am Handgelenk) und wie die Beratungslehrerin mitleidig nickte, während mir ganz klar war, was sie in Wahrheit dachte: Bringen wir das schnell über die Bühne, gleich ist Mittagspause. Mir knurrt schon seit einer halben Stunde der Magen. Ich weiß auch nicht, woher ich das wusste, aber plötzlich konnte ich in alle Köpfe hineinsehen, selbst in meinen eigenen. Darin tauchte ein verschwommenes Bild von Mrs Sully auf, die kam, um mich zu verteidigen, um Mikes Hand von der meiner Mutter wegzuschlagen und *Sie haben keinerlei Beweise, Sir* zu kreischen, damit sie mich gehen ließen und ich surfen lernen konnte.

Mum stellt noch immer Futter für Sylvia vor die Tür, obwohl sie ja davon ausgeht, dass sie tot ist, und Sylvia kommt auch nicht. Dad hat schon ein paarmal unter den Büschen und Sträuchern nachgesehen und ist um den ganzen Block gelaufen, weil Mum sagt, dass Katzen sich zum Sterben zurückziehen. Wie Elefanten. Wissen sie einfach, wann die Zeit zum Sterben gekommen ist, und entfernen sich? Entfernen sie sich, weil sie der Herde das Elend ersparen wollen? Oder ist Sterben einfach Privatsache? Die meisten tröstlichen Dinge sind das. Über jede Diskussion erhaben und unteilbar. Wenn ich vor euren Augen sterbe und ihr dabei zuseht, dann bekommt ihr ja von dieser Sache, die meine Privatsache ist, die Hälfte ab. Dann gehört euch etwas von mir. Und ich bin zerrissen.

Coda: Lieber tot als ohne mich glücklich. Ich bin zerrissen.

25

Mein-Schat-ten-da-sein

Ich soll meine neuen Jalousien nicht öffnen. Wir handhaben das auf Vertrauensbasis; es ist keine Alarmanlage installiert, die losgeht und Mum und Dad (oder Nancy) verrät, dass ich die Jalousien bewegt habe. Ich ziehe sie nie hoch, weil da unten solche Klemmen dran sind, die sie halten. Die Dinger sitzen ziemlich fest und ich glaube, es wäre sehr zeitaufwendig (und laut), sie wieder anzubringen. Immerhin kann ich die Lamellen mit einem kleinen drehbaren Stab öffnen und schließen. Dieser kleine Stab ist achteckig, aus durchsichtigem Plastik und sehr dünn. Wenn das Sonnenlicht durch die Lamellen dringt und sich in dem Stab fängt, leuchtet er auf wie Excalibur. Das sieht schön aus. Ich bemerke Sylvia nicht gleich, weil ich den Stab anschaue und zwischen den Fingern hin und her drehe. Dabei gehen die Lamellen auf-zuauf-zu, als würde ich Morsezeichen senden oder so was. Dann schaue ich hinaus (dazu habe ich die Lamellen ja aufgestellt), und da steht er, das Fernglas in der einen und Sylvia in der anderen Hand.

Er hat sie so auf seinen Unterarm gelegt, dass ihr Kopf sanft in seiner Hand ruht. Ihre Beine hängen seitlich herab und sein Arm ist leicht vorgestreckt, als ob er sie mir darbieten wollte. Der Kopf von Johannes dem Täufer, dargeboten auf einem Tablett. Ich weiß nicht, warum ich jetzt daran denken muss, aber es ist das Erste, was mir in den Sinn kommt. Eine makabre, aber liebevolle Opfergabe, weil ich aufgehört habe, für ihn zu tanzen.

Oma hatte ein Gemälde von Salome, das ich schon geliebt habe, bevor ich die Geschichte dahinter kannte. Ich konnte stundenlang vor diesem Bild stehen. Dabei habe ich mir aber weniger das extravagante Mädchen angeschaut als all die Dinge, die sich schemenhaft im Hintergrund abspielten. Erst wenn man ganz nah an das Bild heranging, merkte man, wie düster es *tief-tief-in-nen-drin* war. All die grellen Farben von Salome und ihrer verschwitzten Zuschauerschaft aus lüsternen jungen Männern sollten nur von den wichtigen Dingen ablenken, die hinter ihnen passierten. Winzige, mit wenigen achtlosen Strichen auf die Leinwand geworfene Figuren, die genauso voller Leben waren wie Salome selbst. Diener und Köche und störrische Hunde und Mägde mit Weinkrügen – alle mit einem dunklen Eigenleben, alle unbeachtet. Auch sie führten ein Schattendasein, so wie ich. Oma hat mir erzählt, dass Salome, wenn der Tanz endet, den Kopf von Johannes fordert und damit droht, andernfalls nie wieder zu tanzen. Ein niedriger Preis.

Und so ist es auch mit Sylvia, oder zumindest sieht es für mich so aus. Zuerst denke ich, sie ist tot, aber dann dreht sie den Kopf in seiner Hand und reklamiert ihn auf Katzenart für sich, fordert ihn für sich, so wie er sie für sich fordert. Ich weiß, dass ich es sagen sollte. Ich weiß, dass ich schnurstracks nach unten gehen und Mum erzählen sollte, dass der perverse Junge von nebenan unsere Katze gestohlen hat. Aber ich tue es nicht.

Vom Unterricht suspendiert zu sein bedeutet, dass ich jeden Tag zu Nancy fahre. Dad nennt das »Ausflüge zu Nancy«, als wären sie eine Belohnung oder als hätte ich Ferien. Er sagt es sogar ein wenig beschwingt, so wie er auch beschwingt geht, wenn wir aufbrechen. Aber seiner Hoffnung fehlt es an Zuversicht. Ich weiß, dass er mich stumm anfleht, meinen Status von enttäuschend zu erträglich zu verbessern. Niemand hat je wieder den Vampir erwähnt, der Stephanie Morcombe von der Balkonbrüstung gestoßen hat. Niemand hat mir dazu je eine Frage gestellt. Sie haben sich ihre Meinung gebildet und daran soll nicht mehr gerüttelt werden. Bitte nicht berühren, damit das vorgefertigte Bild keinen Schaden nimmt. Ich werde so sauer deswegen, dass ich anfange, Nancy auf Französisch zu antworten. Sie wirkt tief enttäuscht und auch ein bisschen am Rande ihrer Kräfte. Also mache ich einen Rückzieher. Und reiße, bis meine Finger blutig sind. Ich betupfe meine Wunden mit den Fäustlingen, und als Mum sie findet, sind sie ganz steif und rostfarben. Wie eine Tasche, die vom Arbeitskittel eines Künstlers abgerissen wurde. Ich bin jetzt wie ein kleiner dunkler Pinselstrich im Hintergrund. Wie ein Bluterguss auf einer Leinwand.

Ich frage mich, wie Mr Thornton wohl mit seiner Suspendierung klarkommt. Langweilt er sich auch zu Tode? Sitzt er im abgedunkelten Sprechzimmer eines Psychologen und spricht über seine Mittel zur Selbsttröstung? Wohl kaum. Vielleicht ist er tot. Aber vielleicht ist seine Gleichgültigkeit an diesem Tag auch zusammen mit Stephanie vom Balkon geflogen und es sind plötzlich wieder Gefühle in ihm erwacht, nachdem er Tausende von Jahren in blutleerer Starre verbracht hat. Wie ist das wohl, so aufzuwachen, im Sonnenschein, und festzustellen, dass das Erste, was man fühlt, gänsehauterregendes Entsetzen ist? Das bringt einen bestimmt um.

Nancys Sprechzimmer ist nicht abgedunkelt, so wie es das eigentlich sein sollte. Es ist ekelhaft hell darin vor lauter Sonnenschein. Sonnenschein, der einem die Augen austrocknet. Sonnenschein, der uns und unsere enttäuschten Mütter bloßstellt.

Im Wartezimmer sitzt ein Mädchen, das immer weint, während es wartet und wenn es wieder rauskommt. Ich nehme also an, dass es drinnen auch weint. Von diesem Weinen mal abgesehen, würde man nicht darauf kommen, dass mit ihr irgendwas nicht stimmt. Sie trägt hübsche Kleider und ihre Fingernägel und Zehennägel sind in dazu passenden Farben lackiert. Außerdem ist sie dünn und hübsch. Ihre Mum sitzt jedes Mal neben ihr im Wartezimmer und liest in einer Zeitschrift. Sie liest aber nicht richtig; sie blättert die Zeitschrift nur auf so eine schnippische Art durch. Ich möchte immer mit dem traurigen Mädchen reden. Einmal hab ich einen Blick von ihr erhascht und vorsichtig gelächelt; es war eine von diesen Lächel-Varianten, bei denen man rasch einen Rückzieher machen kann, wenn das Lächeln nicht erwidert wird. Sie hat zurückgelächelt, aber dann fiel mein Blick auf ihre Mum. Die schnippische Mum von dem traurigen Mädchen hat mich angesehen und den Mund verzogen. Ihr Mundwinkel ging ein ganz kleines Stück nach oben. Mir wurde plötzlich ganz anders; mir blieb richtiggehend die Luft weg und ich musste den Mund aufmachen, um genug Sauerstoff zu bekommen. Der hochgezogene Mundwinkel von der schnippischen Mum drückte nichts anderes aus als Abscheu. Abscheu, der vom Mund zu den Nasenlöchern hochkroch und von da direkt weiter zu den Augen. Also sagte ich: »*Votre fille a des beaux cheveux. Je me demande comment ça goûte.*« Und meine Mum, die neben mir saß und sich wahrscheinlich gewünscht hat, das traurige Mädchen mit all den schönen Haaren wäre ihre Tochter, hat meine Hand gequetscht und »Sei still« gesagt.

Coda: Ihre Tochter hat schöne Haare. Ich frage mich, wie die wohl schmecken.

26

Aus-Kum-mer-rei-ßen

Ein Kribbeln, das an der Haarwurzel beginnt und ins Hirn schießt wie kalte Fingerspitzen. Als würde jemand über dein Grab laufen; als würdest du zu schnell aufstehen und dein niedriger Blutdruck würde dir ein schwarzes Feuerwerk vor die Augen schleudern. Als würde dich ein Schmetterling küssen. Als könnte dich nie wieder etwas nerven. Genau so geht es mir an meinem ersten Tag zurück in der Schule, als ich auf der Toilette sitze und mir die Wimpern ausreiße.

Meine Hände schwitzen in den Fäustlingen. Es ist nicht kalt heute; deshalb starren mich alle an, und die Fäustlinge sind mein Davidstern. Gehen die Leute bedächtiger an mir vorbei als sonst? Ihre Schritte klingen anders, leiser. Darum gehe ich lauter; ich stampfe und stapfe, ich fordere sie heraus mit meinem Gepolter. Plötzlich geniere ich mich; ich fühle mich unbeholfen und wünschte, ich hätte eins von den glamourösen Lastern, die andere Mädchen so haben, wie Alkoholismus oder Diätpillen-Sucht. Ich werde wütend. Deshalb bin ich hier, auf der Toilette, und kann nicht mal pinkeln. Also reiße ich.

Ich gehe zu spät zum Unterricht und werde ins Sekretariat geschickt, damit das vermerkt wird. Im Sekretariat fragen sie mich, warum ich zu spät gekommen bin, und ich sage, dass ich zur Toilette musste. Dann fragen sie, ob ich zur Schulkrankenschwester möchte. Ich sage Nein. Ich bekomme den Vermerk, gehe über den Hof zum Klassenzimmer und werde von den Eukalyptusbäumen abgelenkt; sie sehen größer aus als sonst und ihre Stämme sind weißer als meine Haut. Als ich in die Klasse komme, fragt die Lehrerin, warum es so lange gedauert hat, und ich sage, dass ich zur Toilette musste. Dann fragt sie, ob ich zur Schulkrankenschwester möchte. Ich sage Nein.

Ich erinnere mich nicht, wie ich von einem Raum in den anderen gekommen bin. Ich zähle meine Schritte in Fünferetappen: *eins-zwei-drei-vier-fünf-eins-zwei-drei-vier-fünf.* Meine Haut ist heiß und kribbelig von den Niacin-Tabletten, die ich nehmen muss. Deshalb reiße ich mir die Fäustlinge runter und reibe an meiner Haut herum und renne zwischen den einzelnen Stunden zur Toilette, um Wasser über meine Arme laufen zu lassen. Noch nie hab ich so viel Zeit an einem Schultag auf der Toilette verbracht. In Mathe lecke ich mir die Handflächen und drücke sie auf mein Gesicht. Der Lehrer fragt, ob ich zur Schulkrankenschwester möchte. Ich antworte nicht.

Keiner hat mir je erzählt, dass Panik so viel Ähnlichkeit mit Euphorie hat. Der Biolehrer fordert mich auf, die Fäustlinge wieder anzuziehen, und ich lache ihn aus. Alle anderen lachen auch. Er steht drohend vor mir und sagt es noch mal, und so fängt es an. Wir liefern uns einen Kampf. Hier und jetzt, vor aller Augen; er schaut unnachgiebig wie ein Referendar im ersten Jahr, und ich schaue hierhin, dorthin, überallhin, weil ich meine Augen nicht ruhig halten kann. Er sagt noch mal: »Zieh die Fäustlinge wieder an«, aber jetzt ist ein neuer Unterton dazugekommen: Er klingt besorgt. Und ich hasse ihn dafür. Darum nehme ich ein paar Haare, drehe sie um meinen Zeigefinger und atme durch den Mund. Ich reiße gar nicht, sondern zwirbele nur, aber ich gewinne, das sehe ich. Er geht weg. Er dreht sich einfach um und geht und sagt dabei irgendwas von einem Experiment. Ich höre noch das Wort *Pipette*, dann überkommt mich eine nie gekannte Wut. Es ist eine reine, unverfälschte Wut, die sich anfühlt wie einer von Dads Schlägen mit dem Handrücken.

Ich komme zu spät zum nächsten Kurs in der Bibliothek. Wir sollen zum Thema erneuerbare Energien im Internet recherchieren, aber ich schaue nach, wie Pipetten aussehen, zeichne sie in mein Notizbuch und male kleine Köpfe in den Kolben. Ich drücke fest mit dem Stift auf, und meine Fingerspitzen werden ganz weiß von der Anstrengung. Erst als ein Tropfen Spucke auf die Seite fällt, merke ich, dass ich den ganzen Mund voll Spucke habe, und schlucke. Ich mache die Augen zu und sehe den Puls an der Innenseite meiner Lider, er flackert wie Warnblinker.

Der Lehrer, Mr Lowe, fragt mich, ob ich zur Schulkrankenschwester möchte. Ich höre, dass er direkt vor mir steht. Meine Augen sind immer noch geschlossen. Er spricht laut; darunter summt der Raum oder auch mein Kopf als Kontrapunkt zu seinen kurzen, schnellen Silben. Er sagt, dass ich die Augen aufmachen soll. Ich kann nicht. Ich möchte lieber nicht. Er lässt mich nicht in Ruhe. Mach die Augen auf. Er sagt es noch mal. Aber wenn ich die Augen aufmache, fallen sie mir aus dem Kopf und rollen weg und ich kann nie mehr in einen Spiegel schauen, nie mehr mein Spiegelbild sehen. Dann passiert etwas Schreckliches: Ich fange an zu weinen.

Ich habe schon so lange nicht geweint, dass ich das Brennen in den Augen nicht wiedererkenne. Ich mache keine Geräusche, aber es läuft mir aus Mund und Nase, als wären alle Schleusen geöffnet worden. Es tut herrlich weh. Fast so schön wie Reißen.

Ich höre, wie jemand *schafft-sie-von-hier-weg* sagt. Dann höre ich ein lautes Heulen. Bin ich das? Wie verwunderlich. Das ist das einzig passende Wort dafür. Ich glaube nicht, dass ich es jemals zuvor benutzt habe. Es ist ein Oma-Wort. Ein Creepy-Wort. Er hat *verwundert* ins Fenster gehängt, als meine Jalousien gerade neu waren. *Ich bin sehr verwundert*, hat er geschrieben. Meine Oma hat »Wie verwunderlich« gesagt, als sie ihr erzählt haben, dass sie Alzheimer hat. Ich bin erstaunt und überrascht. Ich bin sehr verwundert. Ich weine also und irgendwer zieht mich hoch und ich bin schwerelos und berauscht und befreit von diesem schrillen Mädchen in mir. Das Innere meines Kopfes ist ein Prisma, voller scharfer Kanten und leuchtender Farben, und ich glaube, ich werde ohnmächtig. Dann höre ich den Aufprall.

Wie sich zeigt, bin ich nicht die einzige Verwunderte. Ich sehe nicht, wie es passiert (meine Augen sind immer noch zu), aber ich schließe es aus dem Geschrei um mich herum. Mr Lowe hat mich am Oberarm gepackt und hochgezogen. Da, wo er mich festgehalten hat, ist immer noch ein kleiner blauer Fleck. Aber das war keine Absicht. Es hat mir nicht einmal was ausgemacht. Creepy hat es was ausgemacht. Er kam angerannt, und bevor irgendwer wusste, was los war, schlug er Mr Lowe mit der Faust ins Gesicht.

Als ich die Augen aufmache, steht Creepy so dicht neben mir wie nie zuvor. Er atmet komisch, stoßweise, und seine Hände zittern. Mr Lowe liegt rücklings auf dem Teppichboden; seine Lippe ist aufgeplatzt. Er hat einen Schuh verloren (keine Ahnung, wie das passiert ist) und auf seinem Hemd ist Blut. Mit einer Hand betastet er sein Kinn, mit der anderen seinen Hinterkopf. Anscheinend hat er sich den Kopf an dem Bildschirm hinter ihm angeschlagen. Ich bin stumm vor Schreck, nur dass ich jetzt Schluckauf habe. Ich denke: Ich wusste nicht mal, dass Creepy in diesem Kurs ist.

Dann sind plötzlich überall Leute. Lehrer, Schüler und ein Typ in einem Overall, der der Gärtner sein könnte. Sogar die Frau aus der Schulkantine ist da. Wo kommen die alle her? Sie helfen Mr Lowe vom Boden auf und setzen ihn auf einen Stuhl. Er tut mir ein kleines bisschen leid. Er sieht aus, als wäre er den Tränen nahe. In dem ganzen Durcheinander fällt niemandem auf, dass Creepy verschwindet. Ich sehe ihn nicht weggehen, aber er ist plötzlich nicht mehr neben mir. Er muss sich einfach verdrückt haben. Dann sollen sich alle wieder auf ihre Plätze setzen und Mr Lowe wird unter gutem Zureden und respektvollem Rückentätscheln aus der Bibliothek geführt, als wäre er ein Invalide oder der Papst. Erst als Ms Tryst »Hör auf damit!« zischt, merke ich, dass ich immer noch Schluckauf habe. Meine Kehle ist schon ganz wund. Mein Schluckauf ist so laut wie Fingerschnalzen, und als ich ihn unterdrücken will, kommt stattdessen ein Rülpser heraus. Niemand beachtet mich, als ich gehe.

Ich setze mich unter den Großblättrigen Feigenbaum auf dem Pausenhof. Dad hat mir erklärt, dass es ein Großblättriger Feigenbaum ist, und gesagt, dass er größer sei als Gott. Ich lege mich zwischen die kühlen grauen Brettwurzeln. Es fühlt sich an, als würde er mich fest in den Arm nehmen. Obwohl das Holz ganz hart ist, bin ich sicher, dass es an meinen Schultern ein wenig nachgibt, so als würde mich der Baum begutachten, als könnte ich Teil seiner Zellen und Sehnen werden. Oder er von meinen. Der Boden ist mit aufgeplatzten dicken roten Früchten bedeckt, deren Saft klebrige Blutflecken im Gras hinterlässt. Ich muss wieder an Mr Lowes Lippe denken und dann an Creepy.

Hier könnte ich ewig bleiben. Ich frage mich, ob diese lebendigen Bögen dann irgendwann um mich herumwachsen, ob die Wurzeln Zucker und Salz aus meinem Blut ziehen und mein Körper dahinwelkt, während sein Stickstoff und Kalium Nahrung für diese Schönheit liefern, die größer ist als Gott und uns alle überdauern wird. Dann werde ich so ledrig werden wie diese Blätter, so blank wie Sonne in einer Pfütze und nur meine Augen werden noch hervorlugen und alles sehen, wovon ich glücklicherweise ausgeschlossen bin. Die anderen werden mich suchen. Ich sehe sie vorbeigehen und höre sie meinen Namen rufen, aber sie werden nie auf die Idee kommen, im Baum nachzuschauen. Und selbst wenn, würden sie ihn niemals fällen, um mich herauszuschälen. Dafür ist der Baum zu wichtig.

Meine Hände sind feucht, meine Finger voller Haare. Ich schaue auf sie herab und sehe Blut. Zuerst denke ich, es wäre Feigenblut, aber es ist meins. Ich hab gar nicht gemerkt, dass ich gerissen habe. Mein Schluckauf ist weg.

Die Schulkrankenschwester und der Direktor kommen auf den Baum zu. Sie gehen schnell, hastig. Einen Moment nur gebe ich mich der Hoffnung hin, dass sie mich übersehen. Ich stelle mir vor, dass ich nur ein Augenpaar bin, das aus dem Holz späht, und verharre mucksmäuschenstill. Ich habe sogar ein Lächeln im Gesicht, als die Schulkrankenschwester sich vor mich kniet und nach meiner Hand greift.

Coda: Ich bin ein verwundertes Augenpaar im Holz.

27

Ap-fel-und-der-Stamm

Der Apfel fällt nicht weit vom Stamm. Auch wenn das bestimmt noch nie jemand zu Mum und Dad gesagt hat, bin ich sicher, dass sie es denken. Zumindest einer über den anderen. Und einer gegen den anderen. Manchmal denken sie es so laut, dass es einen Streit auslöst. Meine Eltern streiten nicht so wie Creepys. Es gibt kein Geschrei, Türenschlagen oder lautes Zerschellen von Glas. Dafür Stille, Sarkasmus und Sticheleien. Mum sagt häufig: »Was willst du damit andeuten?«, und Dad sagt: »Gar nichts.« Dann zuckt Mum, als wäre sie ein Magnet, der die Schuld anzieht. Dafür, dass ich die Ursache dieser Feindseligkeit bin, erwähnen und beachten sie mich überraschend wenig. Wenn sie mich fragen würden, würde ich ihnen sagen, dass sie keine Schuld tragen. Aber sie sind so darauf fixiert, den faulen Stamm zu finden, dass sie den Apfel völlig vergessen haben. Und weil das Ganze still hinter verschlossenen Türen geschieht und sie es mit viel Lächeln und dem Anschein von Normalität tarnen, glauben die Leute, meine Eltern hätten alles unter Kontrolle.

Aber als Nancy irgendwann anfängt von einer stationären Therapie zu reden, sickert bei Mum langsam durch, dass es für sie auch Vorteile hat, der Baum zu sein, von dem der Apfel fiel. Sie schließt sich einer Selbsthilfegruppe für Eltern psychisch kranker Kinder an und trägt fortan pausenlos eine Büßermiene zur Schau, die anzeigen soll, dass sie alle Schuld auf sich nimmt. Bald kann sie sich vor Mitleids- und Sympathiebekundungen kaum noch retten. Die Leute bedauern sie. Vielleicht ja zu Recht. Sie wird behandelt, als wäre sie etwas Besonderes, als hätte sie einen Terroranschlag überlebt. Sie geht jetzt auch zu Nancy. Und mit mir redet sie so, wie man mit geistig Zurückgebliebenen spricht oder mit Leuten, die unsere Sprache nicht beherrschen: ganz langsam und überdeutlich.

Sie erzählt mir nicht, wo sie mit mir hinfahren will. Sie ist bei Nancy gewesen. Ich bin zu Hause, weil ich offenbar nicht ganz gesund bin. Creepy ist zu Hause, weil er suspendiert wurde. Aber er sieht nicht so aus, als würde ihn das kratzen. Dadurch dass er Mr Lowe eins auf die Zwölf gegeben hat, steht er jetzt auf einer Stufe mit Kyle Sully, also ist er wahrscheinlich froh, zu Hause bleiben zu können. Er hasst Aufmerksamkeit. Wahrscheinlich gibt er mir die Schuld an dem ganzen Vorfall. Aber er sieht eigentlich ganz zufrieden aus, wie er da so auf seinem Bett liegt und liest, während Sylvia zusammengerollt auf seiner Brust ruht. Ich höre Mum kommen und mache die Jalousie schnell wieder zu, bevor sie meine Tür öffnet. Inzwischen bin ich ja nicht mehr völlig unschuldig, was die ganze Sache mit Sylvia angeht. Ich bin die stille Teilhaberin. Die Komplizin. Mein Schweigen hat mich zur Mitverschworenen gemacht.

Mum bleibt in der Tür stehen und sagt, dass wir wegfahren. Sie sagt aber nicht, wohin. Ich vermute, dass sie mich zu Nancy bringt. Es wäre nicht das erste Mal, dass sie mich da außerhalb der verabredeten Zeiten hinbringt. Auch nachdem sie mich aus den Armen der Großblättrigen Feige geschält hatten, musste ich zu einer spontan anberaumten Sitzung. Es war mir egal. Ich fühlte mich gut. Selbst als ich dann in Nancys Büro saß, konnte ich noch die feinen Rillen spüren, die der Baum in meinen Oberarm massiert hatte. Mit den Armen um den Oberkörper habe ich dagesessen und die Finger sanft über meine gewellte Haut gleiten lassen. Ich war geriffelt und lebendig. Aber das Gefühl haben sie schnell wieder erstickt. Nancy hat mir Tabletten verordnet. Zwei davon musste ich an Ort und Stelle schlucken, und dann war es vorbei mit den scharfen Kanten und dem Schwung, die durch Tränen, Hickser und Rülpser in mein Holz eingeritzt worden waren. Ich fiel zurück in die Rolle der Zuschauerin und konnte mit ansehen, wie ich kleiner und kleiner wurde, bis meine Lebendigkeit nur noch eine Erinnerung war oder eine Erinnerung an einen Traum. Diese Erinnerung war weder angenehm noch unangenehm. Sie bestand einfach nur aus Leere.

Dahin, glaube ich, fahren wir. Mum gibt mir zwei von den Tabletten (sie bleibt vor mir stehen, damit sie sehen kann, wie ich sie schlucke) und sagt, dass wir was vorhaben. Ich soll mir was überziehen und eine Mütze aufsetzen, und *wir-ha-ben-was-vor. Wir-ha-ben-was-vor.*

Ich erinnere mich nicht mehr an die Fahrt, nur ans Ankommen. *Oh-das-ist-ja-schön. Wir-sind-in-der-Stadt.* Mum und ich waren schon lange nicht mehr shoppen. Oma ist gern mit mir shoppen gegangen. Dann haben wir uns eine Cafeteria in einem Kaufhaus gesucht und Oma hat uns Pommes mit Ketchup gekauft und Cremeteilchen und ihren Arm ganz weit nach hinten in die Auslage gesteckt, um an die Teilchen mit der meisten Buttercreme heranzukommen. Plötzlich habe ich Sehnsucht nach Pommes und Cremeteilchen und nach Oma und werde ein bisschen traurig. Aber wir sind in der Stadt, und das ist schön.

Ich erinnere mich nicht mehr an den Weg, den wir vom Auto aus gegangen sind, nur ans Ankommen. Wir sind in einem Friseursalon. Es sind nicht viele Leute da, und sie führen mich gleich nach hinten, zu den Waschbecken. Eine Frau mit langen Fingernägeln berührt meinen Kopf. Ich lasse mich nicht gerne anfassen, aber es ist wohl am besten, wenn ich mich füge. Sie hebt meine Haare portionsweise hoch und legt sie von einer Seite auf die andere, als würde sie Seiten in einer Zeitschrift umblättern. Als würde sie mich lesen. Sie spricht mit Mum. Ich höre die im Flüsterton geführte Debatte darüber, ob gewaschen werden soll oder nicht. Wir möchten vermeiden, dass sich Krusten ablösen. Es ist eine Frage der Hygiene, das hier ist keine sterile Umgebung, hat sich das schon mal entzündet? Ich sage »Nein« und begreife dann erst, dass ich gar nicht gefragt bin. Mum legt mir ihre Hand auf die Schulter und sagt: »Schhhh, Liebes.« Sie hat mich noch nie *Liebes* genannt. Ich hab das noch gar nicht fertig verarbeitet, als die Nagelfrau sich vorbeugt und feucht säuselnd »Ich nehme auch warmes Wasser, Liebes« sagt. Jetzt nennen mich plötzlich alle so. Irgendetwas stimmt nicht.

Sie füllt eine pinkfarbene Sprühflasche mit warmem Wasser und feuchtet meine Haare an. Das ist richtig angenehm. Ich schließe die Augen. Das Wasser kitzelt; bei jedem Sprühstoß wandern feine Tröpfchen durch drahtige Haarbälge nach unten auf meine Kopfhaut. Ich stelle mir vor, wie sie sich ihren Weg suchen und auf meinem Kopf explodieren wie winzige Wasserbomben und ihre feuchte Gabe in Schlängellinien nach unten rinnt, meinen Hals hinunter, in meine Ohren, meine Wimpern, meinen BH. Es ist wie eine Kindstaufe. Warum weinen Babys dabei, wenn es doch so schön ist?

Als ich das Geräusch höre, fliegen meine Lider auf, als hätte mir jemand einen Elektroschock verpasst. Erst das feinmechanische Seufzen von Metall auf Metall, dann ein lautes Knirschen. Ungefähr das Geräusch, das man in seinem Kopf hört, wenn man Cornflakes isst. Ich sehe die ersten Haarbüschel in ihrer Hand; dunkel von der Feuchtigkeit, in der Farbe meines Blutes. Sie lässt sie auf den Boden fallen. Ich bin so überrumpelt, dass es mir die Sprache verschlägt. Ich mache den Mund auf und will das entschiedene, ohrenbetäubende »Nein« herausschleudern, das in meinem Kopf ist, aber es kommt nichts. Ich hänge in einer Zeitlupe fest. Mein Hirn kommt mit der Schere von der Nagelfrau nicht mit. Die Schere ist blau-metallic und aus rostfreiem Stahl. Und sie klingt so schön; sie öffnet und schließt sich raschelnd wie der Petticoat einer Tänzerin. Ich bin abgelenkt. Ich kann nicht sprechen. Ich weine.

Ich betrachte mein Bild in dem großen Spiegel, während ich zu einer anderen werde. Was werde ich tun, wenn ich mein eigenes Spiegelbild nicht mehr erkenne? Die Schere klingt immer lauter und lauter und das Geräusch hallt in meinem Kopf wider wie eine läutende Glocke, wie Trommelschläge, wie das Wummern meines Pulses. Ich stoße einen stotternden, kläglichen Heulton aus wie ein alter Automotor, der in der Kälte nicht anspringt. Mein Weinen ist verreckt. *Ich-krieg-es-nicht-raus. Ich-krieg-es-nicht-raus.* Ich schließe die Augen ganz fest und möchte nur noch weg. Ich wünsche mir mit aller Macht, aus diesem Sessel aufzusteigen und an die Decke zu schweben wie mein in der Luft hängendes, *sus-pen-dier-tes-Ich*. Aber ich schaffe es nicht. Ich stecke in einem diffusen Halbleben fest. Ohne die Worte zu erkennen, murmele ich vor mich hin: »*S'il te plaît, maman, non. S'il te plaît, maman, non.*« Mum zischt: »Hör auf damit!«, und quetscht meine Hand. Der Schmerz lässt meine Lider wieder auffliegen und aus dem Spiegel starrt mich eine total fertige, verquollene Fremde an. Ich bin verschwunden, weggeschoren. Kahl wie eine Felswand.

Ich erinnere mich nicht mehr an die Reise, nur an das Ziel. Ich weiß nicht, wie lange das Ganze gedauert hat. Ich bin das getaufte Kind, das in den Armen einer Fremden weint, über einen Abgrund gehalten und mit Wasser bespritzt für die Sünden meines Vaters. Ich möchte in das Taufbecken spucken, aber ich habe keine Spucke. Ich bin völlig ausgetrocknet.

Wir fahren nach Hause und niemand sagt etwas und ich öffne meine Jalousien zwei Wochen nicht.

Coda: Bitte, Mummy, bitte nicht; bitte, Mummy, tu das nicht.

28

Kriegs-ge-fan-ge-ne

Nach dem Zweiten Weltkrieg wurden in Frankreich Frauen, die sich mit den Nazis eingelassen hatten, die Haare abgeschnitten.

Als ich das nächste Mal zu Nancy gehe, ist sie schockiert. Ich habe mich zwei Wochen lang nicht ein einziges Mal angeschaut; ich habe die Spiegel in meinem Zimmer mit Tüchern verhängt, wie man es machen soll, wenn jemand stirbt. Ich bin gestorben. Ich vergesse mein Gesicht. Man würde es nicht für möglich halten, aber das geht. Ich habe vergessen, wie ich aussehe, bis ich Nancy treffe und diesen Anflug von Ekel bemerke, dieses leise Stutzen in ihrem Blick; bis ich höre, wie ihre Stimme so zersplittert, dass sie sich räuspern und den Satz von vorn beginnen muss. Sie bittet mich, einen Moment sitzen zu bleiben und zu warten. Sie möchte zuerst mit Mum allein sprechen.

Dann schenkt sie mir ein verkniffenes mitleidiges Lächeln. Ich hasse sie dafür.

Als Mum aus Nancys Büro kommt, ist sie sauer. Wir gehen sofort.

Creepy hat mir von den französischen Kollaborateurinnen erzählt. Er dachte bestimmt, das würde mich interessieren, weil ich die Sprache spreche und jetzt diesen Haarschnitt trage. Als ich die Jalousie aufmachte, lag er genauso da wie beim letzten Mal: mit einem Buch auf dem Bett. Zuerst hat er mich nicht bemerkt. Sylvia schmiegte sich an seinen Kopf auf dem Kissen. Erst als sie sich bewegte, hat auch er sich gerührt. Er drehte sich auf die Seite, fuhr mit der Hand durch seine Haare und rieb sich die Augen. Er war mitten im Gähnen, als ich ihm auffiel. Ich hatte meine Frage schon in der Hand und schob sie durch die Lamellen:

– HAST DU KATZENSTREU DA DRÜBEN?

Er nahm sein Fernglas und ging zum Fenster. Dort blieb er so lange stehen und sah zu mir rüber, bis mir der Arm vom Hochhalten der Frage lahm wurde. Dann legte er das Fernglas weg und schrieb seine Antwort auf einen Zettel:

– *Du siehst aus wie eine französische Kollaborateurin*

Das musste er mir erklären. Und ich musste lächeln. Ich musste lächeln, weil zum ersten Mal seit zwei Wochen ein bisschen Wagemut in meiner Scham aufblubberte. Ich sehe jetzt aus wie die Geschichte von jemand anders. Ich bin die Geschichte von jemand anders.

Creepy ist von der Schule geflogen. Aber es ist ihm egal. Da wir beide nicht im Unterricht waren, haben wir auch keine Ahnung, was in der Schule noch passiert ist.

Aber es ist spielt auch keine Rolle. Wir sind jetzt unser eigenes Land. Ich schreibe es ihm:

– WIR SIND JETZT UNSER EIGENES LAND

Er lächelt mich an. Sylvia ist auf seinem Arm. Sie reibt ihren Kopf an seinem Kinn, und als Antwort drückt er sie sanft mit dem Kinn an seinen Hals. Sie ist dick geworden. Er füttert sie offenbar zu gut. Mum wäre außer sich und dieser Gedanke macht mich froh.

Mum sagt nicht mehr viel. Ich glaube, sie ist zufrieden, dass ich nicht aus meinem Zimmer komme, dass ich für mich bleibe. Sie und Dad hatten einen Riesenstreit, als wir vom Friseur nach Hause kamen. Ich glaube, ich habe auf der kompletten Heimfahrt geweint. Mein Gesicht war ganz aufgedunsen. »Was hast du gemacht?«, hat Dad gefragt, und Mum hat geantwortet: »Was hätte ich denn sonst tun sollen?« Da hat Dad »Das jedenfalls nicht!« geschrien und Mum hat »Aber es ist hübsch gemacht« gesagt und versucht, mit ihren Fingern über meinen Kopf zu streichen, aber ich hab ihre Hand weggeschlagen. Sie hat nach Luft geschnappt und wütend geschnaubt, gleichzeitig, wenn ihr euch das vorstellen könnt. Schock und Empörung standen ihr ins Gesicht geschrieben. Sie hat mich angesehen, als hätte ich kein Recht dazu. Sie hat mich genauso angesehen, wie Dad sie angesehen hat. Alle sind froh, wenn ich auf meinem Zimmer bleibe.

Wir sind nicht wieder bei Nancy gewesen und haben nie mehr darüber gesprochen. Nancy hat Mum angerufen, aber Mum will nicht mit ihr reden. Ich höre, wie Mum und Dad streiten. Mum wird nie wieder ein Wort mit Nancy reden, da bin ich absolut sicher. Mum hat nicht bedacht, dass sie, wenn sie mich brandmarkt, auch sich selbst brandmarkt. Das hat sie erst realisiert, als es an Nancys Miene ablesbar war. Dad redet mit Nancy und erzählt Mum dann von ihren Gesprächen. Meistens höre ich davon die zweite Hälfte, weil sie sich spätestens dann anschreien. Früher haben sie sich nie angeschrien. Nancy möchte mit mir sprechen, aber ich weigere mich. Ich könnte es nicht ertragen, wenn das, was in ihrem Blick stand, auf ihre Zunge sickern und aus ihrem Mund kommen würde. So, wie sie mich angesehen hat, darf niemand mit mir reden. Das könnte tödlich für mich sein. Dad spricht dauernd von der stationären Therapie, die Nancy mir ans Herz gelegt hat, aber Mum lehnt das ab. Sie sagt dauernd: »Lass das arme Mädchen doch auch mal in Ruhe.« Ich wünschte, auf die Idee wäre sie gekommen, bevor sie mir ein neues Styling verpasst hat.

Creepy und ich sitzen jetzt manchmal einfach nur da und sehen uns an. Ich stelle mir vor, sein Zimmer wäre ein Gemälde, und sehe mich darin: ein versteckter dunkler Pinselstrich im Hintergrund, an den Stellen, wo Sylvia Sabber und abgelöste Haut hinterlassen hat. Ich stelle mir vor, das Fenster wäre ein Rahmen und die Stellen, wo Farbe abblättert und Vögel hingekackt haben, wären bewusst angebrachte Ornamente, wie feingliedrige Verzierungen oder Vergoldungen. Manchmal sehe ich auch Salome höchstpersönlich; nur dass es Mum ist, die sagt: »Bringt mir die Haare meiner Tochter, damit ich weitertanzen kann.«

Ich nehme die Tücher von meinen Spiegeln. Ich habe zwei: einer hängt auf der Rückseite meiner Zimmertür; der andere an der Wand. Dann putze ich sie. Ich hab noch immer den Glasreiniger hier. Ich putze sie, bis keine Fingerabdrücke mehr darauf sind, wie eine Verbrecherin, die ihre Spuren vom Tatort entfernt. Ich putze sie, bis die Oberflächen quietschen. Bis sie Seen sind. Bis das Mädchen, das mir daraus entgegenblickt, durch den Spiegel greifen und meine Hand halten könnte, während ich putze. Ich ertappe mich dabei, dass ich schnell atme. Durch den Mund. Creepy beobachtet mich mit dem Fernglas; seine Augen kommen, groß und schwarz, durch die rosaroten Lamellen. Und trösten mich.

Ich nehme die Tabletten nicht mehr. Mum bleibt nicht mehr vor mir stehen, damit sie sehen kann, wie ich sie schlucke. Sie kommt einfach mit der Schachtel, drückt sie aus dem kleinen Blister in meine Hand und geht weg. Ich verstecke sie dann im Puppenhaus. Da steht eine kleine selbst gemachte Couch aus Streichholzschachteln, die mit Band umwickelt sind. Das ist mein Tablettenlager. Ich weiß nicht, was in den Pillen drin ist. Sie sollen gegen meine Angst helfen. Aber ich habe den Verdacht, dass sie eigentlich gegen Mums Angst helfen sollten.

Mum glaubt nicht an Medikamente. Einmal ist sie zwei Jahre mit unerträglichen Schmerzen an der Gallenblase herumgelaufen, weil sie meinte, sie müsste »das so durchstehen«. Noch Monate nachdem das Mitgefühl aller Menschen um sie herum längst versiegt war, blieb sie beharrlich weiter nachts auf, machte sich Wärmflaschen und atmete den Schmerz weg. Alles andere, jegliche Art von Hilfsmittel hielt sie für ein Zeichen von Schwäche. Ich weiß nicht mehr, wie es kam, dass sie schließlich doch im Krankenhaus gelandet ist und operiert wurde. Aber sie hat sich sicher nie verziehen, dass sie irgendwann eingeknickt ist. Sie kann Schwäche auch bei anderen nicht leiden. Sie wird mir meine nie verzeihen. Ich hatte eigentlich nichts dagegen, die Tabletten zu nehmen, aber ich lerne schnell. Das letzte Mal, als ich sie brav genommen habe, kam ich ohne Haare nach Hause. Wer weiß, was ich nächstes Mal verliere. Ich bleibe besser wachsam, wenn Mum in der Nähe ist.

Die Lamellen an meiner Jalousie sind inzwischen so schlimm verbogen, dass sie nicht mehr richtig schließen. Ein paar sind sogar durchgebrochen. Sie sind aus so komischem Plastik gemacht, das wie Metall aussieht, und wenn man sie genügend strapaziert, entstehen kleine haarfeine Risse. Danach braucht es nicht mehr viel und sie kriegen einen Knacks. Ein paar habe ich mit Klebeband repariert, aber ich bin sicher, dass Mum es früher oder später merkt. Dad kommt gar nicht mehr in mein Zimmer. Ich glaube nicht, dass er meine neue Frisur mag.

Ich beobachte Creepy im Spiegel. Auch wenn ich die Brille aufsetze, muss ich die Augen ein Stück zukneifen. Er hat etwas geschrieben, aber ich möchte mich nicht umdrehen. Ich mag diesen gespiegelten Jungen, der verkehrt herum ist und das reale Mädchen anschaut, mich. Seine Nachricht erinnert mich an diese Sehtesttafeln, die ich entziffern muss, wenn ich eine neue Brille bekomme. Die Schrift sieht aus wie eine andere Sprache, ein Geheimcode, die Symbole von unserem eigenen Land. *Ich-dreh-mich-nicht-um. Ich-dreh-mich-nicht-um.*

Ein Haar schon
zeigt uns Schönheit an

Coda: Bleib besser wachsam, wenn sie schnell einen Knacks kriegen.

29

Ein-feind-li-ches-Nichts

Keine meiner Freundinnen kommt mich besuchen.

Als wir klein waren, haben wir nie über Konsequenzen nachgedacht. Ich bin von Wippen gefallen, von Rutschen, Fahrrädern, Schaukeln, Klettergerüsten und von so einem Plastikpferd vor dem Supermarkt; auf dem man reiten kann, wenn man Münzen einwirft. Das war ein ziemlich übler Sturz. Ich wollte mich an den Zügeln festhalten, aber sie sind abgerissen und ich landete auf dem Betonboden und schlug mir einen Zahn aus. Einen Milchzahn, es war also nicht so schlimm. Mum war sauer, weil ich einen Blutfleck auf dem Kleid hatte. Ich weiß noch, wie sie auf dem Weg zum Auto »Der geht nicht raus, der geht garantiert nicht raus« gegrummelt hat und ich mit dem Milchzahn in der Faust gedacht habe: Aber er ist doch rausgegangen.

Vermutlich hätte es für jeden, der mich besuchen käme, Konsequenzen. Bin ich jetzt die Verrückte? Wenn sie kommen würden, dann bestimmt nicht ohne Hintergedanken. »Besuch mal die Verrückte und erzähl uns nachher, wie's war.« Würde Mum sie überhaupt reinlassen? Oder würde sie sagen, sie ruht sich aus, sie ist gerade im Bad, sie ist nicht da, sie ist eine schreckliche Enttäuschung. Jedes Risiko, das man eingeht, ist, wie auf ein Plastikpferd zu steigen, das am Ende vielleicht zwei Meter hoch ist und obendrein noch bockt wie ein Wildpferd; man kann nie wissen, was für Konsequenzen einen erwarten.

Als Stephanie Morcombe im Krankenhaus lag, sind alle hingegangen. Sogar Leute, die gar nicht mit ihr befreundet waren. Wahrscheinlich dachten sie, dass das ihren Status aufwerten würde. Immerhin ist Stephanie jetzt eine Berühmtheit an der Schule. Ich erwarte gar nicht, dass alle vorbeikommen, aber von ein oder zweien hätte ich es schon gedacht.

Ich hab lange nicht mehr gezeichnet. Ich hab einfach keine Lust dazu. Manchmal sitze ich hier und plötzlich wird mir bewusst, dass ich schon ich weiß nicht wie lange in der gleichen Haltung dasitze und nichts denke. Einfach nichts. Wie ist das möglich? Mir fallen all die Ausdrücke ein, die das Nicht-Denken beschreiben und die wir andauernd hören und benutzen: gedankenlos oder geistesabwesend sein; totale Windstille im Hirn haben oder: Das Licht ist zwar an, aber es ist niemand zu Hause. Ich dachte immer, das wären bedeutungslose Phrasen. Wie ist es möglich, dass das Denken tatsächlich aufhört? Kann ich mich plötzlich selbst hypnotisieren? Soll man sich nicht sogar beim Meditieren einen schönen Obsthain voller Früchte vorstellen, der neben einer sonnenüberfluteten Wiese liegt, durch die ein Bach mit kristallklarem Wasser fließt, welcher plätschert und murmelt wie ein halbes Orchester? (Nancys Idee – ich hab das nicht hingekriegt, aber einmal dachte ich, sie wäre eingeschlafen.)

Sie macht mir zu schaffen, diese Leere, das Nichts. Es ist mein Feind. Irgendetwas sollte doch in meinem Kopf vor sich gehen, oder? Ich ertappe mich dabei, wie ich zähle, einfach nur, um ein paar Geräusche in meinen Kopf zu bringen. *Eins-zwei-drei-vier-fünf. Eins-zwei-drei-vier-fünf.*

Mum kommt ins Zimmer, um mir zu sagen, Dad werde ausziehen. Sie denkt, dass ich mich darüber freue; ich erkenne es an ihrem Gesicht und an ihrem Tonfall. Oder dass ich mich darüber freuen sollte. Meine Reaktion überrascht mich selbst. Wenn ich weiß, Mum erwartet, dass ich mich freue, reagiere ich normalerweise entsprechend und zeige mich ihr zuliebe erfreut. Diesmal nicht. Sie ist irritiert, weil die Reaktion ausbleibt. Diesmal höre ich, was sie sagt, aber ihre Worte tauchen in mich ein und stoßen mir dann sauer auf, so als würde ich sie von einem Blatt ablesen. Diesmal tauchen die Worte in mich ein, umgehen die üblichen Instanzen und fliegen einfach davon ins feindliche Nichts. Mum wartet auf eine Antwort, und ich sage das Einzige, was da ist in meinem Kopf:

»Eins-zwei-drei-vier-fünf.«

Dad zieht eine Woche später aus. Ich verstehe das nicht. Es macht mir nichts aus; ich begreife es nur nicht. Der erste Abschied hinterlässt am meisten Eindruck. Worte werden gesprochen, Gesten ausgeführt und Taschen gepackt, während Achtung und Würde dahinschwinden. Es muss schwer sein, so zu tun, als hätte man alles unter Kontrolle, wenn man die Person, die man verlässt, dauernd fragen muss, wo die Sachen sind, die man mitnehmen will. Schließlich der letzte Blick, den man wechselt, wenn man überhaupt noch einen wechselt. Dann das leise, respektvolle, traurige Schließen der Tür und das Wegfahren. Wenn man danach aber noch vier oder fünf Mal zurückkommt, wegen einer Flasche Aftershave, eines Hemdes, das noch in der Wäsche war, wegen eines auf dem Klo vergessenen Romans oder einiger CDs, die Mum in ihrem Auto hatte, dann verliert sich das Eindrucksvolle und man wird schnell lästig. Die Sachen, derentwegen Dad immer wieder herkommt, sind keineswegs unersetzlich. Er könnte sie sich auch einfach bei K-Mart besorgen. Den Leuten bei K-Mart würde er auch nicht jedes Mal von neuem wehtun, wenn er wieder vor der Tür steht. Mum sagt nie ein Wort, und auch mit mir wird nie ein Wort geredet. Aber ich sehe, dass Mum jedes Mal, wenn Dads Wagen in der Einfahrt hält, ein bisschen mehr in sich zusammenschrumpft, und ich sehe, dass Mum jedes Mal, wenn Dads Auto wieder wegfährt, ein bisschen fröstelt.

Ein paar von Mums Freundinnen kommen vorbei und es wird viel getuschelt und getröstet. Es gibt kannenweise Tee und nachmittags gläserweise Wein. Dabei geht es so anständig zu, so formvollendet. Ich bin in der Küche, als Joyce, die stotternde Freundin, Kekse auf einem Teller verteilt, nachdem sie ein Zierdeckchen daruntergelegt hat. Ich weiß, dass das ein Zierdeckchen ist, weil Oma sie im ganzen Haus hatte. Das ist faszinierend. Wo kommt dieses Deckchen her? Mir schießt der beunruhigende Gedanke durch den

Kopf, sie könnte es mitgebracht haben. Mein erster Gedanke seit einer ganzen Ewigkeit. Er durchbricht mein Nichts: eine Frau, die Zierdeckchen in ihrer Handtasche mit sich herumträgt, für den Fall, dass eine Freundin mit einer verrückten Tochter von ihrem Mann verlassen wird. Joyce begrüßt mich mit einem H-h-h-hallo, und ich sage: »Eins-zwei-drei-vier-fünf.«

Zwei Personen, die vorbeikommen, werden nicht hereingebeten. Creepys Mum kommt mit einem Teller Sandwiches. Ich nehme an, sie kommt aus Neugier. Mum lässt sie nicht rein; sie nimmt nur die Sandwiches an und bedankt sich. Als die Tür zugeht, höre ich noch, wie Creepys Mum sagt: »Den Teller brauche ich aber zurück.«

Und Nancy kommt vorbei. Hat Dad sie angerufen? Hat sie Dad angerufen? Mum spricht an der Haustür mit ihr. Ich sitze oben an der Treppe und höre zu. Es ist ein zivilisierter Austausch, auch wenn Nancy keinen Teller mitgebracht hat. Nancy würde mich gern sehen, nicht in professioneller Funktion, sondern als Freundin (*es kommt mich also doch noch eine Freundin besuchen*), und sie würde auch gern mit Mum reden, denn das muss schwer für sie sein und sie braucht sicher Unterstützung; Nancy hat mit Lionel gesprochen (*das dachte ich mir*), und er ist am Boden zerstört und macht sich Sorgen um seine Tochter (*nicht genug, um mal reinzukommen und mir Hallo zu sagen*), und ob Mum eine Überweisung zu einem anderen Spezialisten möchte, weil Nancy es wichtig findet, die Behandlung kontinuierlich fortzusetzen, und, wie gesagt, sie würde mich gern sehen.

Mum: Sie können meine Tochter nicht sehen, weil sie im Bett ist, um sich auszuruhen (*und eine Enttäuschung*), außerdem sind Sie weder ihre Freundin noch meine (*sondern offenkundig Lionels*), und ich möchte nicht mit Ihnen sprechen; ja, es ist schwer, aber das geht Sie nichts an, und ich brauche auch keine Überweisung zu einem anderen Spezialisten (*denn es könnte ja sein, dass der mich genauso verurteilt wie Sie*); ich kümmere mich selbst um meine Tochter (*ich hab sie mir durch Angst gefügig gemacht, indem ich ihr gedroht habe, ihr im Schlaf die Haare abzurasieren*) und, wie gesagt, Sie können meine Tochter nicht sehen, guten Tag.

Ich hab Mum noch nie »Guten Tag« sagen hören. Ist das ihre Trauersprache? Sie hat vor lauter Unglücklichsein ein strenges Gesicht bekommen und eine völlig neue Förmlichkeit. Guten Tag ist sehr förmlich. Und in dieser Situation kommt es obendrein ungefähr so rüber, als würde sie sagen: »Verschwinden Sie zum Teufel noch mal von hier, bevor ich Sie reinzerre und Ihnen mit einem großen Buttermesser die Augen auskratze.« Ich verstehe, warum Mum Nancy hasst. Ich bleibe zwiegespalten. Arme Mum.

Das ist der Moment, in dem ich in mein Zimmer gehe und die Jalousie hochziehe. Ich stelle nicht nur die Lamellen auf, sondern ich mache die Klemmen ab und reiße die Jalousie in einem Ruck bis ganz nach oben hoch. Ein paar kaputte Lamellen fallen heraus. In dem gleißenden Sonnenschein, der durchs Fenster knallt, wirbelt Staub auf und setzt sich langsam wieder. Creepy wirkt so geschockt von meinem plötzlichen Erscheinen, dass man meinen könnte, ich hätte meine Brüste entblößt. Ich drücke beide Hände an die Scheibe. Sie ist wärmer als der Sand an einem Strand.

Coda: Eins-zwei-drei-vier-fünf.

30

Alle menschlichen Handlungen lassen sich auf mindestens einen dieser sieben Gründe zurückführen: Zufall, Veranlagung, Zwang, Gewohnheit, Vernunft, Vorliebe, Begierde.

Aristoteles: Rhetorik

Sie sieht grauenhaft aus. Sogar die Katze hat Reißaus genommen.

Ich habe sie seit Wochen nicht richtig gesehen. Diese teilweise geöffneten Jalousien haben etwas Verruchtes. Die Winkel verändern sich, das Licht schneidet wie eine Klinge, das Leben hinter den Lamellen wird zu einem Daumenkino. Dann geht die Jalousie plötzlich genauso unvermittelt hoch, wie sie anfangs nach unten gerasselt ist, und ich ängstige mich zu Tode. Nein, ich bin weniger verängstigt als erschrocken. Sie hätte mir aber auch wirklich erst ein bisschen den Mund wässrig machen können.

Sie sieht grauenhaft aus. Ich weiß, dass ich das schon gesagt habe, aber man kann das gar nicht oft genug wiederholen. Ihre Haare sind verschwunden, klar, das wusste ich ja schon, aber jetzt, wo ich sie wieder in Breitwand sehe, ist das Ausmaß der Veränderung viel deutlicher erkennbar. Sie wird immer dünner, und blasser als sonst ist sie auch. Was zum Teufel geht in diesem Haus vor, dass nicht irgendwas dagegen getan wird? Ich krieg die Wut, wenn ich das sehe, die kalte, blanke Wut. Maud steht leicht vorgebeugt am Fenster und hält die Hände flach an die Scheibe gedrückt; ihre Augen sind geschlossen, aber die Lippen bewegen sich. Die Lippen bewegen sich? Ich greife zum Fernglas, um genauer hinzuschauen. Ja, die Lippen bewegen sich. Führt sie jetzt schon Selbstgespräche? Ihre Augenbrauen sind verschwunden, die Lippen aufgesprungen, und wo vorher die kleine Wölbung ihres Bauches war, ist jetzt eine bleiche Kuhle. Isst sie denn überhaupt noch etwas? Mum hat doch Sandwiches rübergebracht!

Mum hat das Brot rausgeholt, sobald ans Licht kam, dass Limo-Li die Koffer gepackt hatte. Es kam ans Licht, als eine Nachbarin es ihr erzählt hat. Aus meiner Warte war es nicht klar zu erkennen. Ich habe zwar gesehen, wie er mit lauter Taschen wegfuhr, aber er kam dauernd wieder. Inzwischen ist er allerdings ganz weg. Ich glaube, Dad wird ihn vermissen. Mum hat ihn gefragt, womit sie die Sandwiches belegen sollte, und er hat geantwortet: »Was spielt denn das für eine Rolle, verdammt? Du gehst doch eh nur rüber, weil du neugierig bist.« Ich war mir allerdings ziemlich sicher, dass Mum rübergegangen ist, um »Wir sind über alles im Bilde« zu signalisieren, denn wie könnte man das besser tun als mit einem Teller Sandwiches und einem durchtriebenen Grinsen?

Sylvia schleicht sich an und springt wieder auf meinen Schoß. Sie wird langsam fett. Die ursprünglich leeren, schlaffen Hautfalten sind inzwischen prall gefüllt. Katzen haben eigentlich eine Taille, glaube ich, eine kleine Einbuchtung an den Seiten, die dann in ihre Hüften übergeht. Sylvia sieht aber eher aus wie ein kahles kleines Fass. Habe ich hier eine Dorian-Gray-Situation geschaffen? Wurde das Fett, das die Katze jetzt zu viel auf den Rippen hat, aus dem Gewebe meiner Geliebten abgezweigt?

Dad weiß über Sylvia Bescheid. Es gefällt mir zwar nicht, dass wir jetzt etwas gemeinsam haben, aber sei's drum. Er hat es herausgefunden, weil Dobie Squires neuerdings ein untypisches, nicht nachlassendes Interesse an meiner Zimmertür zeigt. Er bellte und kratzte derart daran herum, dass Dad eines Tages dagegen hämmerte und »Ist deine Mutter da drinnen bei dir?« brüllte. Als ich seine Frage verneinte, lockte er Dobie Squires mit dem Versprechen eines Leberhäppchens nach unten in die Küche. Allerdings hatte ich auch eine ganze Menge Leberhäppchen in meinem Zimmer. Die arme Katze ernährt sich ja von dem Zeug; kein Wunder, dass sie aussieht wie foie gras. Kaum dass Dobie alles, was in der Küche vorrätig war, verputzt hatte, stand er wieder vor meiner Tür. Als er dann einen fast zehn Zentimeter großen Streifen von dem Hochglanzlack auf der Tür abgekratzt hatte, auf den Dad so stolz war, wurde Dad wirklich misstrauisch und kam selbst ins Zimmer. Und da lagen wir: Sylvia und ich zusammen im Bett. Dad schimpfte zwar: »Hier drinnen stinkt's«, sah aber insgeheim erfreut aus. Ich glaube übrigens nicht, dass ich mir das eingebildet habe. Er hat Sylvia sofort erkannt, da bin ich sicher. Vielleicht fand er ja, dass sie ein fairer Tausch für die Auflaufform war. Vielleicht dachte er auch daran, dass er Limo-Li ein Vergnügen vorenthielt, indem er ihm das Tier nicht zurückbrachte. Wer weiß?

Maud sitzt an ihrem Schreibtisch, an der Scheibe sind noch geisterhafte Spuren ihrer Hände zu sehen, dünne Schlieren wie die von dem Lippenstift damals.

Ihr Schweiß, Fett von ihren Handflächen, ein paar statisch aufgeladene Haare. Da, wo sonst Worte hingen, klebt jetzt ein feiner öliger Film von ihr selbst, eine Essenz von ihr. Wir haben uns seit einer ganzen Weile nicht unterhalten. Sie hat meine letzte Nachricht nicht gelesen; sie wollte sich einfach nicht umdrehen.

– *Geht es dir gut?*

Sie antwortet nicht sofort, und sie sieht auch nicht so aus, als würde sie es noch tun. Sie bewegt sich langsamer als sonst. Sie zeigt keinerlei Regung, mal abgesehen von dem eigenartigen Zucken in ihrem Mundwinkel, das ihr Gesicht aussehen lässt, als gehörte es jemand anderem. Es ist zwar eindeutig ihr Gesicht, aber es sieht so aus, als wäre sie längst ausgezogen. Oder als hätte sie sich so weit in sich selbst zurückgezogen, dass sie ihre eigenen Muskeln und Membranen nicht mehr kontrollieren kann. Einmal, als ich noch ganz klein war, wurde ich in ein Zimmer gesperrt. Ich habe eine Riesenangst dort ausgestanden und gedacht, wenn ich doch bloß an den Schalter käme, um das Licht anzumachen, dann wäre alles gut. So wirkt Maud gerade auf mich: als wäre ein kleines Mädchen irgendwo tief in ihr drin eingeschlossen, das einfach nicht an den Lichtschalter kommt, obwohl es sich streckt, bis die Gelenke knacken.

Aber natürlich ist das nicht direkt mein Problem, und allmählich werde ich sauer. Ich überlege ernsthaft, mir eigene Jalousien zuzulegen, als sie endlich mit einer Antwort rüberkommt:

– ICH ZÄHLE

– *Für mich auf jeden Fall*

– NEIN IN ECHT

– *Du meinst, du zählst Schäfchen?*

Okay, vollends glücklich bin ich nicht darüber, wie die Dinge sich entwickeln.

Ich sehe durchaus ein, dass eine Liebesgeschichte davon lebt, dass man Dinge miteinander teilt. Und auch dass es dabei nicht jederzeit gerecht zugehen kann, sondern dass man auch einfach mal nur mit Zuhören dran ist, und sei es noch so ermüdend. Bedeutet Liebe nicht genau das? Dass man den Mist von jemand anderem in der freudigen Erwartung erträgt, irgendwann seinen eigenen loswerden zu können? Sie zählt also. Das ist nicht so interessant wie das Reißen, und wenn sie länger dabeibleibt, könnte es auch irgendwann langweilig werden, aber es ist immerhin nicht so peinlich wie das Tourette-Syndrom oder Rhinotillexomanie. Ist das nicht ein großartiges Wort? Rhinotillexomanie. Ich bin zufällig darüber gestolpert, als ich über Zwangsneurosen recherchiert habe.

Es steht nicht mal in meinem *Collins Australian Dictionary (mit Internetlinks und CD-ROM).* Das hat mich überrascht und enttäuscht. Vermutlich ist es kein Wort des allgemeinen Sprachgebrauchs, denn eigentlich ist es ein medizinischer Fachausdruck. Ich frage mich, ob es ein Medizinisches Lexikon (mit Internetlinks und CD-ROM) gibt. Wäre gut, wenn ich da mal einen Blick reinwerfen könnte.

– KEINE SCHÄFCHEN EINFACH NUR ZAHLEN

Sie zählt Zahlen. Das ist nicht das, was sie meint, also korrigiere ich sie, nur um sicherzugehen:

– *Du meinst, du sagst Zahlen auf?*

– JA

– *Eins zwei drei …?*

– EINS ZWEI DREI VIER FÜNF

Habe ich das nicht eben geschrieben?

Das ist jetzt nicht gerade eine Offenbarung. Schon seltsam, was wir auswählen, wenn wir etwas von uns preisgeben. Ich wähle – natürlich – gar nichts aus. Deshalb kann ich in Maud verliebt sein. Sie gibt auch nichts von sich preis. Das Dumme ist nur, dass es vermutlich einiges gibt, das sie dringend mal rauslassen sollte; sonst staut es sich nur in ihr auf und kommt dann auf anderen Wegen heraus.

Unfreiwillige Selbstoffenbarung flackert wie ein Puls unter ihrer Haut. Ein kleines Muskelzucken – sie spürt es selbst, das sehe ich.

Jetzt, wo die Jalousien hochgezogen sind, bekommt sie wenigstens ein bisschen Sonne. Heute Nachmittag steht die Sonne irgendwann so auf ihrem Fenster, dass ich sie kaum mehr sehen kann. Die Lichtbrechung und die blendenden Reflexe werden sie zum Verschwinden bringen. Wenn sie in ihrem Zimmer herumgeht, wird sie ab und zu kurzzeitig auftauchen, wie eine Halluzination, ein Negativ auf der Netzhaut. Während die Sonne weiter über den Himmel zieht, wandert diese Störung dann die Hauswand hinunter und Mauds Fenster wird ganz allmählich dunkler, bis ich sie wieder sehen kann. Bis sie sich mir wieder zeigt. Als hätte sie die Sonne selbst vor ihr Fenster geschoben.

Im Mittelalter hat man Frauen, die der Hexerei verdächtigt wurden, den Schädel kahl rasiert, um das Teufelsmal auf ihrer Kopfhaut offenzulegen. Das Mädchen, das ich liebe, kann die Sonne über den Himmel schieben und ihren Vater verbannen und mit einem Lippenstift ihre Seele auf einen Fetzen Papier malen. Es war unnötig, ihr den Schädel zu rasieren.

31

Bringt diesen Wahnsinnigen dorthin, wo niemand seinen Wahnsinn hören kann. Ein Taubstummer soll ihm sein Essen geben, aber ernährt ihn gut.

Alexandre Dumas: Der Mann in der eisernen Maske (1850)

Das Schlimmste an so einem Rauswurf aus der Schule ist, dass dich das total exponiert. Es macht dich sichtbar.

Als Mr Lowe Maud in der Bibliothek aus ihrem Stuhl hochgerissen hat, war das ein Akt roher Gewalt, so wie wenn man jemandem während eines Luftangriffs die Verdunkelungsvorhänge von den Fenstern reißt. Allerdings hat sich während des Nachspiels in der Schule niemand für diese Analogie interessiert. Was sehr schade ist, weil ich lange darüber nachgedacht habe und sie ziemlich gut fand.

Gewalt ist keine Lösung. Das weiß ich, und ich bin tief enttäuscht von mir. Auch wenn manche Leute einen ja geradezu dazu einladen, ihnen mal richtig eine reinzusemmeln, verändert man das Universum, wenn man ihnen den Gefallen tut. Beide, der Schlagende und der Geschlagene, werden dabei für immer verändert. Der frühere Zustand kann nie wiederhergestellt werden. Wenn du jemanden schlägst, veränderst du ihn. Und dich selbst auch. Ich bin tief enttäuscht von mir. Trotzdem habe ich mich danach großartig gefühlt. Zum ersten Mal überhaupt habe ich nicht nur zugesehen, sondern war hautnah an Mauds Leben beteiligt.

Danach gab es eine Besprechung in der Schule (*sans* Infoblatt), an der wir alle zusammen teilgenommen haben. Meine Eltern in Kleidern, die man nur als Sonntagsstaat beschreiben kann. Sie sahen gut aus. Wir müssen rübergekommen sein wie eine Familie, die zusammenhält. Fast hätte ich jemanden um ein Foto gebeten. Mum bekam feuchte Augen, und Merrill hat ihre Hand getätschelt, was doch wirklich eine nette Geste war. Der Direktor, der Kaplan, der Schulpsychologe und Mr Lowe sahen auch ein bisschen aus wie eine Familie, die zusammenhält. Mr Lowe wirkte allerdings nervös; er rutschte auf seinem Stuhl herum, als fürchtete er, ich könnte auf den Tisch zwischen uns springen und ihn mir noch mal vorknöpfen. Ich habe ihn so freundlich angelächelt, wie ich konnte, aber davon schien ihm nur noch unbehaglicher zu Mute zu werden. Ich muss mal an diesem Lächeln arbeiten. Es fühlt sich zwar okay an, aber wenn ich es vor dem Spiegel übe, kriege ich es nie hin, ohne dabei leicht zu blinzeln.

Ich habe nichts gesagt. Gelegenheit hätte ich zwar gehabt, aber mir wurden lauter Fragen gestellt, auf die niemand wirklich eine Antwort hören wollte. Deshalb hielt ich es für das Beste, die Erwartungen zu bedienen und mich in Grunzlaute und Achselzucken zu flüchten. Das ist sehr effektiv, denn es erweckt den Eindruck, dass man die Schuld auf sich nimmt und zugleich ein gebührliches Maß an Reue bekundet. Es wurde viel geseufzt und der Kopf geschüttelt, was mir zeigte, dass mein Grunzen und Achselzucken ankam. Mr Lowe verzichtete schließlich auf eine Anklage (ich muss zugeben, dass mir da kurz der Schweiß ausbrach; diese Möglichkeit hatte ich nämlich gar nicht in Betracht gezogen) unter der Bedingung, dass ich nicht mehr in die Schule zurückkehre. Im Grunde wurde ich also belohnt.

Als wir wieder zu Hause waren, wurde ich in mein Zimmer geschickt (also wieder belohnt).

Ich lese jetzt *Der Mann in der eisernen Maske*.

Und ich mache mir Sorgen um Maud, was mir überhaupt nicht behagt. Ich schaue nach, ob sie zur Schule geht, aber sie geht nicht hin. Ist sie etwa auch rausgeflogen? Ist sie überhaupt noch in diesem Zimmer? Oder wurde sie weggeschafft, während ich schlief? Ich stelle mir einen geheimen nächtlichen Einsatz vor, bei dem als Ärzte getarnte Fremde in gestärkten Overalls ihre Festung gestürmt, sie die Treppe hinuntergezerrt und in einen Krankenwagen gesteckt haben, nein, in einen nicht näher gekennzeichneten weißen Lieferwagen mit getönten Scheiben, um sie wegzubringen und in eine Zwangsjacke zu stecken, bis ihre Haare wieder so lang sind, dass die Lockenwickler darin halten, die ihre Mum ihr letztes Jahr zu Weihnachten geschenkt hat. Ich träume, dass Limo-Li am helllichten Tag zurückkommt, sich an Maud heranschleicht, die sich oben auf dem Zaun sonnt, ihr einen stinkenden Leinensack über den Kopf zieht und sie wegschleift, damit sie bei Hochzeiten und Partys als Beifahrerin mitfährt. Ich frage mich, ob sie eingesperrt und ihre Jalousien festgenagelt wurden und ob dieser unglaubliche Schluckauf, den sie nach ihrem Aufschrei in der Bibliothek bekommen hat, das letzte Geräusch ist, das sie je öffentlich von sich gegeben hat. Über solche Dinge denke ich nach, und ich mache mir Sorgen.

Sie wurde irgendwo hingebracht, wo niemand ihren Wahnsinn hören kann. Und ich werde von Taubstummen ernährt.

Apropos ernährt werden. Mums Sandwichteller kommt und kommt nicht zurück. Sie hat jede Menge Plastik- und Pappteller, aber es musste ja unbedingt einer aus Porzellan sein, auf dem sie die Sandwiches mit Schinken und Salat nach nebenan gebracht hat. Schon nach wenigen Tagen hat Mum sich an dem Verlust des Tellers geradezu gelabt. Dad hat auch ein bisschen frohlockt. Er sagte Sachen wie »Wohl nicht gut genug« und »Was glaubt sie eigentlich, wer sie ist?«, als hätte Mauds Mum sich nachts hier reingeschlichen und den Teller einfach aus dem Schrank gemopst. Und trotzdem wird Mum bei nächster Gelegenheit wieder etwas auf einer Platte überbringen, die sie um keinen Preis verlieren möchte, nur damit sie anschließend einen Grund zum Jammern hat. Eigentlich wäre es weniger Aufwand, das gute Geschirr einfach rauszutragen und am Zaun zu zerdeppern. Nur, wo bleibt dann der Spaß?

Als ich von der Schule geflogen bin, sind Mums Freundinnen aus der Kirche vorbeigekommen. Nur ein paar davon. Das war schön für Mum. Ein größeres Publikum zu haben, meine ich. Und jetzt kommt der

Clou: Sie hatten alle etwas zu essen dabei. Das ist echt ein Phänomen; das ist mir vorher nie aufgefallen: das Überbringen von Essen anlässlich eines Unglücksfalls. Schon als Mauds Oma gestorben und als Limo-Li ausgezogen ist, konnte ich beobachten, wie Leute tellerweise Essen nach nebenan gebracht haben, und jetzt, wo sich herumgesprochen hat, dass meine Eltern von einer exklusiven Privatschule geflogen sind, treffen die Teller hier ein. Dass Mum und Dad das Gefühl haben, selbst der Schule verwiesen worden zu sein, erkenne ich daran, wie sie darüber reden. Da fallen Sätze wie: »Wo bewerben wir uns denn jetzt?«, und: »Glaubst du, die Leute wissen, dass wir rausgeflogen sind?« Ich finde es irgendwie süß, dass sie auf diese Weise eine Mitschuld übernehmen. Jedenfalls kommt das Essen jetzt zu uns. Wozu soll das gut sein? Zur Beschwichtigung? Oder ist es eine Verlegenheitsgeste? Wir wissen nicht, was wir sagen sollen, und wenn wir den Mund voll haben, brauchen wir nichts zu sagen? Und warum Essen? Warum nicht Bücher oder Pflegeprodukte oder Geld? Darum würde ich die Leute ja bitten, wenn sich in meinem Leben eine Tragödie ereignen würde: Bitte bringt mir das, was ihr für Sandwiches ausgegeben hättet, in bar mit. Dann sitzen wir nicht in ohrenbetäubender Stille da und lauschen unserer

Peristaltik, sondern es kommt alles aufs Tapet, was wir denken, und wir reden laut und schnell und ehrlich miteinander. Und natürlich zähle ich, was so an Geld zusammengekommen ist.

Ich würde einiges an Geld darauf verwetten, dass all diese Freundinnen von Mum sich, kaum dass sie um die Ecke sind, bei einer anderen wiedertreffen und dann Dinge sagen wie: »Das hat sie sich doch selbst zuzuschreiben«, und: »Bei denen ist garantiert schon Monate nicht geputzt worden« und: »Ich könnte schwören, dass sie nach Wein gerochen hat.« Ich bin sicher, dass sie das tun, weil die Leute so was eben machen. Man braucht sie nur lange genug zu beobachten, um das zu wissen. Dass es Mum auch passiert, ist allerdings ein bisschen gemein; wo sie doch nie einen einzigen von den Tellern behält, die andere Frauen mitbringen. Sobald jemand eintrifft, schichtet sie, was immer er mitgebracht hat, auf einen Teller aus ihrem eigenen Bestand um, spült das mitgebrachte Geschirr und gibt es zurück. Und dann sagt sie noch: »Vergiss deinen schönen Teller nicht; der gehört bestimmt zu einem schönen Service.«

Dass Mauds Mum in der Meute der tellerschleppenden Samariterinnen fehlt, wird natürlich genauestens registriert. Selbst als sie irgendwann doch noch den Sandwichteller zurückbringt, liefert das nur Grund für neue Klagen. Jetzt heißt es plötzlich, die Etikette gebiete es, den Teller nicht leer zurückzubringen. (Und ich bin ziemlich sicher, dass Mum meint, es sollte Essen darauf liegen und nicht Bücher, Pflegeprodukte oder Bargeld.) Dad erwidert: »Ja, ich glaube, da hast du Recht, Schatz«, womit die Rückgabe des Tellers zu einer Beleidigung geworden ist. Ich habe keinen Schimmer, ob die Etikette das tatsächlich vorschreibt, aber wenn es so wäre und mir würde jemand einen Teller mit Sandwiches bringen, würde ich ihn einfach ein paar Tage in den Kühlschrank stellen und dann dieselben gottverdammten Sandwiches zurücktragen. Wäre das nicht am praktischsten? Ich stelle mir eine Welt vor, in der derselbe Teller mit Sandwiches einfach von Tragödie zu Tragödie weitergereicht wird, bis sie so schimmlig und ranzig sind, dass man sie einfach vor die Tür stellt und wegfährt und die Sandwiches exakt zum Ausdruck bringen, was der Besuch eigentlich bedeutet: »Ich wollte nur schnell sagen, wie froh ich bin, dass es dir passiert ist und nicht mir.«

32

Was du freiwillig liest, bestimmt,
was du unfreiwillig bist.

Oscar Wilde zugeschrieben

Ich habe lange gebraucht, bis ich das richtige Buch gefunden hatte. Entdeckt habe ich es, als ich in der Schulbibliothek der anderen Maud nachging. Es ist dick und alt und in ehemals rotes Leinen gebunden, das jetzt blassrostfarben ist. Seine Seiten sind aus knisterndem alten Papier mit eingerissenem Vorderschnitt und sein Frontispiz ist mit Stockflecken gesprenkelt. Es riecht modrig süß. Irgendein Idiot hat den Rücken mit Klebeband repariert. Ich dachte gleich: Das ist es! Ein Abenteuerroman. Ein großes Liebesepos. Wie unsere Geschichte. Ich steckte das Buch schnell unter meine Jacke und schwupp war ich draußen. Rucksäcke sind in der Schulbibliothek wegen steigender Diebstahlszahlen nicht erlaubt.

Die andere Maud sitzt in Geschichte vor mir. Wir haben auch noch mehr Kurse zusammen. Ihre Haare haben ein anderes Rot, sie sind einen Tick blonder; außerdem bindet sie sie zusammen und hat Sommersprossen am Hals. Manchmal beobachte ich sie und tue so, als wäre sie Maud. Ich folge ihr von Raum zu Raum und beobachte sie, wenn sie in der Mittagspause auf dem Rasen sitzt. Sie hat viele Freundinnen, und ich glaube, sie hat auch einen Freund. Sie sieht Maud nicht mal ähnlich, aber manchmal mache ich sie zu Maud und beobachte sie und folge ihr; dann geht es mir ein bisschen besser.

Es fehlt mir was, wenn ich meine Maud nicht jeden Tag sehen kann.

Meine neue Schule ist so eine ultraschicke private Alternativschule mit hohen Schulgebühren und einem, wie sie es nennen, modernen pädagogischen Konzept; anscheinend sitzt dort niemand auf dem Chefsessel. Die Leute sind sehr tolerant, was die Anwesenheitspflicht angeht, es gibt keine Schuluniform, aber einen Seelsorgekurs, der exakt so ist, wie ich mir eine Gruppentherapie vorstelle. Alle reden die Lehrer mit Vornamen an, aber nicht auf die Tour wie bei Mike. Diese Infos standen nicht alle in der Broschüre. Die Gebäude sind hässlich, die Außenanlagen riesig und ungepflegt und die Bibliothek ist vollgestopft mit Kostbarkeiten, die einen schweren Duft verbreiten und deren Papier so gelb ist wie Urin. An diese Sorte Bücher kommt man nur, wenn man Nachlässe aufkauft oder um Spenden bittet. Ich bleibe für mich und beobachte die anderen. Ich habe dort keinen Spitznamen, keinen Ruf und keine Erwartungen. Ich mag die Schule. Aber das würde ich niemals laut sagen.

Meine Eltern haben mich so weit von der breiten Masse separiert, wie es ging, und trotzdem können sie immer noch sagen, dass ihr Sohn eine Privatschule besucht.

Die Tage, an denen ich die richtige Maud beobachten kann, sind gezählt. Denn meine Maud macht bald eine stationäre Therapie. So nennt sie das jedenfalls. In Wirklichkeit ist das bestimmt eine ganz normale Klinik, nur mit lästigem Pflichtprogramm und angeschlossenem Seelsorgekurs. In einer Woche geht's los. Ich werde sie dort besuchen. Sie weiß es noch nicht, aber ich habe es fest vor. Unsere Liebesgeschichte hat sich in eine Abenteuergeschichte verwandelt. Vielleicht werde ich ihr auch zusätzlich Briefe schreiben, wie in alten Zeiten, als die Menschen durch Kriege, Meere oder Krankheiten voneinander getrennt waren. In einem Roman aus dem neunzehnten Jahrhundert würde Maud mit so was Glamourösem wie Tuberkulose in ein Sanatorium eingewiesen und ich würde ihr in ausladender Schrift schreiben und den Brief mit Wachs versiegeln. Oder ist sie die Typhus-Mary, die auf eine Insel verbannt wird, weil sie andere durch ihre Anwesenheit krank machen kann?

Ich beobachte sie so ausgiebig wie irgend möglich, denn wer weiß, wann sie zurückkommt, und wer weiß, wer sie dann sein wird.

Mauds Mum hat extra ein neues Kofferset gekauft. Neuerdings legt sie eine gekünstelte Fröhlichkeit an den Tag, als würde Maud in die Ferien fahren. Sie lächelt ständig und ist geradezu überschäumend. Wahrscheinlich will sie das Ganze möglichst gut verkaufen. Es ist hübsch, Mauds neues Kofferset: ein Rollkoffer mit ausziehbarem Griff, ein kleinerer Schminkkoffer (bestimmt für ihren Lippenstift und ihre Lockenwickler) und eine dazu passende Umhängetasche. Ihre Mum führt das alles einzeln vor wie eine adrette Werbebotschafterin.

Jetzt, wo ich das richtige Buch gefunden habe – eine einfache Abenteuergeschichte; einen Schmöker, auf den man sich freuen kann, von dem man gar nicht genug bekommen kann –, muss ich noch das mit der Etikette auf die Reihe bekommen.

Wusstet ihr, dass das französische Wort *étiquette* von dem Verb *estiquer* abstammt, das so viel wie »anhängen« heißt? Wie passend. Das muss ich Maud erzählen. Es wird ihr gefallen.

Für mich ist es eine Tragödie, dass Maud wegfährt, aber ich werde den Teufel tun und mit einem Teller voller Sandwiches da rübergehen. Irgendetwas sollte ich aber schon dabeihaben. Ein Mitbringsel für die Gastgeberin. Ah, da kommt die Lösung schon; sie sabbert gerade und schüttelt sich. Oder ist das zu großzügig? Ich nehme meine kleine Kriegsgefangene hoch und klemme sie mir unter den Arm. Vor Jahren, als Merrill noch dem Irrglauben anhing, ich könnte die Erwartungen erfüllen, die er in einen Sohn setzte, hat er mir eine teure Sporttasche inklusive Handtuch und Wasserflasche gekauft. Darin hat Sylvia gern ihr Nickerchen gemacht. Also nehme ich auch die und werfe das Buch hinein. Ich bin Gulliver auf der Schwelle zu einer großen Reise.

Ich gehe nach unten. Dad sitzt am Küchentisch und spielt Sudoku, weil er glaubt, dass das vor Alzheimer schützt. Und Mum spült, glaube ich.

ICH: Wie heißt die Frau von nebenan noch mal?

Mum fährt so schnell herum, dass sie ein bisschen

Saft aus ihrem Glas verschüttet. Es ist so lange her, dass ich mit einem von den beiden gesprochen oder überhaupt etwas gesagt habe, dass sie ein bisschen verstört aussieht; fast so, als hätte ich sie auf Französisch gefragt. Dobie Squires erspäht Sylvia in meinem Arm und verfällt in ein wütendes Gekläff, das sonst für *Zeixier*-Momente reserviert ist.

MUM: Was? Warum bist du nicht in der Schule?

ICH: Bisschen früh dafür, findest du nicht, Mum?

MUM: Merrill, sorg dafür, dass der blöde Hund sich beruhigt.

DAD: Wo willst du denn mit der Katze hin?

MUM: Ist das nicht die Katze von den Nachbarn?

ICH: Ich hab sie gefunden. Wie heißt denn jetzt die Frau von nebenan?

MUM: Merrill, bitte! Der Hund! Und wo hast du die Katze gefunden?

ICH: In meinem Zimmer. Der Name?

MUM: Wie um Himmels willen ist sie denn da hingekommen?

DAD: Ja, wie um Himmels willen ist sie denn da hingekommen?

MUM: Verdammt, Merrill! Jetzt beruhig endlich

den Hund! Man versteht ja sein eigenes Wort nicht mehr.

ICH: Limo-Lis Frau. Wie heißt sie?

MUM: Wessen Frau? Ich sag's nicht noch einmal, Merrill! Ich ertrag diesen Lärm am frühen Morgen einfach nicht. Bitte!

DAD: Sag ihm, er soll die Katze hier rausschaffen.

ICH: Lionels Frau. Ihr Name???

MUM: Die Katze hat damit nichts zu tun. Der Hund gehorcht dir doch aufs Wort. Du machst das extra, um mich zu ärgern. Dabei weißt du genau, dass ich nicht gut geschlafen habe. Das ist deine typische passiv-aggressive Art. Ich fasse es nicht, dass –

DAD: Beverly.

MUM: … du mir das antust. Du willst, dass ich mich aufrege. Weißt du, was das ist? Das ist gemein. Verdammt schäbig ist das. Mir reicht's jetzt, Merrill! Und du lächelst auch noch! Ich glaub's ja nicht, der lächelt …

DAD: Bev.

MUM: Das muss ich mir weder von dir bieten

lassen noch von deiner blöden Töle. Und weißt du noch was?

Ihre Tirade beeindruckt mich. Ich glaube nicht, dass Mum ohne Sylvias Anwesenheit so weit gekommen wäre. Solange die Katze im selben Zimmer ist wie er, kann Dobie Squires sich unmöglich lange genug konzentrieren, um einen *Zeixier*-Angriff durchzuführen. Und Mum weiß das.

Ich laufe vor bis zur Straße und nehme Mauds Fußweg bis zu ihrer Haustür, wie ein ganz normaler Besucher. Mauds Mum hat lauter vertrocknete Topfpflanzen auf ihrer Veranda stehen. Die wurden früher mal gehegt und gepflegt; das erkenne ich an den Übertöpfen. Ich betätige abwechselnd die Klingel und klopfe gegen das kleine Fenster in der Tür, weil ich weiß, dass das am meisten nervt. Als die Tür aufschwingt, ist Mauds Mum auch wirklich genervt. Aber ich bin vorbereitet.

ICH: Guten Tag, Bev. Haben Sie noch die Auflaufform von meiner Mum?

BEV: Auflauf…?

ICH: …form.

Der Groschen fällt, und ich habe sie da, wo ich sie haben will: in der Defensive. Die Katze hat sie noch gar nicht bemerkt.

BEV: Oh, oh, ja, stimmt! Die hab ich total vergessen. Ich hol sie. Komm doch rein.

Bev kramt in dem Schrank unter der Spüle und zieht die Auflaufform hervor. Sie ist in Zeitungspapier und dann noch mal in eine Plastiktüte eingeschlagen. Sie hatte nie vor, sie zu behalten. Aber inmitten von Tod, Scheidung und Wahnsinn hat sie sie einfach weggestellt und dann vergessen. Ich belohne sie augenblicklich, indem ich ihr die Katze so hinhalte, wie ich es mit einem Sandwichteller tun würde.

ICH: Ich hab Ihre Katze gefunden.

BEV: O mein Gott … oh, Sylvi-aah … oh, Baby! Du bist aber dick geworden!

ICH: Ich möchte zu Maud.

BEV: Zu wem?

Ich nehme zwei Stufen auf einmal. Oben brauche ich einen Moment, um herauszufinden, welche von den vielen geschlossenen Türen Mauds ist. Bei meinen ersten beiden Versuchen stoße ich auf einen Wäscheschrank und ein Bad. Hübsches Bad. Ganz viel Chrom und pastellfarbene Kacheln.

Maud steht am Fenster und schaut hinaus, durch unseren Raum zwischen den Fenstern in mein leeres Zimmer. Ich sehe mich zum ersten Mal so, wie sie mich sieht.

Sie sagt nichts. Sie hebt eine handschuhlose Hand und betastet mit angewinkelten Fingern die zarten Überreste ihrer Haare. Eine linkische kleine Geste, die mir das Herz bricht. Sie selbst sieht auch einigermaßen gebrochen aus. Am liebsten würde ich sie in die Sporttasche packen und zu mir mitnehmen und so lange mit Leberleckerlis füttern, bis ihr kleiner Bauch sich wieder vorwölbt. Aber dann lächelt sie. Und es ist, als würde in einem verlassenen Haus der Strom wieder angeklemmt. Ich bin glücklich.

ICH: Ich komme dich besuchen. Sooft du willst. Oder gar nicht. Ganz wie du willst. Ich komme dich besuchen. Und ich hab was für dich.

Ich hole das Buch heraus. Sie setzt sich auf die Bettkante und ich mich neben sie. Dann lese ich ihr vor: »*Das scharlachrote Siegel* von Baroness Emmuska Orczy. Kapitel eins. Paris im September 1792. Eine wogende, schäumende, raunende Menge, die nur namentlich aus Menschen besteht, denn für Aug und Ohr sind diese Kreaturen nichts als grausam, beseelt einzig von Niedertracht, Rachsucht und Hass.«

ICH: Stark, oder? Soll ich weiterlesen?

MAUD: Ja. Und du kommst mich wirklich besuchen?

Das Zitat zu Beginn des 11. Kapitels auf S. 82 stammt aus Jack Kerouac, *Unterwegs*. Deutsche Übersetzung von Thomas Lindquist, Copyright © 1959, 1986 Rowohlt Verlag GmbH, Reinbek bei Hamburg. Mit freundlicher Genehmigung des Verlags.

www.koenigskinder-verlag.de

Originalverlag: Fremantle Press, Fremantle, Australia
Originaltitel: Creepy & Maud
Dieses Werk wurde vermittelt durch Barbara Küper
Literarische Agentur, Frankfurt am Main.
Umschlaggestaltung, -typografie und Vorsatzpapier: Suse Kopp
Umschlagfotografie: © gettyimages/Yvan DubA
Aus dem Englischen von Birgit Schmitz
Lektorat: Kerstin Kopper
Herstellung: Gunta Lauck
Satz: Dörlemann Satz, Lemförde
Druck: CPI – Ebner & Spiegel, Ulm
ISBN: 978-3-551-56004-9
Printed in Germany

MIX
Papier aus verantwortungsvollen Quellen
FSC® C006701
FSC www.fsc.org

Klangstürme

Götterspeise

Leselächeln

WONNEWILD

HIRNHONIG

Seelensalz

DUNKELSTUNDE

Sternenblick

GOLDGLÜHEN

WORTRAUSCH

Seligsuche

KÖNIGSKINDER

ES SCHEINT IHM NICHTS AUSZUM
LIEST STÄNDIG. ICH HATTE IHN ÜB
FING, MICH DURCHS FENSTER ZU
N BEACHTET HABE, IST MIR VOR
LLIG ER IST. MAN KANN NICHT MA
MMER IST ODER NICHT. ERGIBT D
GEHEIMNISSE HABEN IRGENDEIN
STAUB IN DER LUFT. DU WEISST ZW
RT DEINE SINNE NICHT, BIS DAS L
AUF IHN FÄLLT. UND SELBST DAN
DURCH DEN MAN EINFACH SO D
DU KÖNNTEST EINFACH SO DURC
E NICHT EINMAL EINE KALTE STE
EN. MANCHMAL SEHE ICH IHN A